수녀님의 첫사랑

수녀님의 첫사랑

초판 1쇄 인쇄일 2019년 03월 12일
초판 1쇄 발행일 2019년 03월 19일

지은이 이상돈
펴낸이 양옥매
디자인 임흥순 송다희

펴낸곳 도서출판 책과나무
출판등록 제2012-000376
주소 서울특별시 마포구 방울내로 79 이노빌딩 302호
대표전화 02.372.1537 **팩스** 02.372.1538
이메일 booknamu2007@naver.com
홈페이지 www.booknamu.com
ISBN 979-11-5776-698-7 (03800)

이 도서의 국립중앙도서관 출판시도서목록(CIP)은 서지정보유통지원 시스템
홈페이지(http://seoji.nl.go.kr)와 국가자료공동목록시스템
(http://www.nl.go.kr/kolisnet)에서 이용하실 수 있습니다.
(CIP제어번호 : CIP2019008573)

이상돈 장편소설

수녀님의
첫사랑

책과나무

사랑을
이야기합니다

이상돈

'인간은 사랑 없인 살 수 없다는 것'을
모모는 알고 있었습니다.
모모는 귀 기울여 들어주었습니다.
다투는 사람들에게는 화해와 용서를 갖게 했고,
힘든 사람에게는 기쁨과 신념을 주었습니다.
시간을 훔치는 사람들에게 빼앗겨 버린 시간도 찾아 주었습니다.
모모는 알고 있었습니다.
'사랑이 있다면 기적을 이룰 수 있다는 것'을.

'사랑을 합니다.'
그러나 사랑의 새순이 움트려 할 때는, 자신이 사랑이라는 삼각형에
들어와 있는 것을 모릅니다.
꼭짓점 하나에 닿았습니다.
같이 있으면 그냥 이유도 없이 편안하고, 해야 할 말들이 자꾸 꼬리
에 꼬리를 물고 밖으로 나오려고 합니다.

친밀감입니다.

또 하나의 꼭짓점에 다다랐습니다.

잡고 싶습니다. 잡은 손에 전해오는 뜨거움이 있습니다.

팔짱을 꼈습니다. 기대고 싶습니다.

이 순간이 지속되기를 바랍니다. 나만을 생각해 주리라 믿습니다.

열정입니다.

마지막 꼭짓점에 도착합니다.

내가 가진 모든 것을 같이 나누고 싶습니다.

시간도 몸도 마음도 이 세상에 존재하는 모든 것을.

공유입니다.

어느덧 사랑의 삼각형 안에 둥지를 틀었습니다.

아끼고 위하고 정성을 다하는 마음이 사랑입니다.

사랑이 저만치 가려 합니다.

사랑이 떠났습니다.

그 후 그리움이 되었습니다.

인간은 사랑 없인 살 수 없기에

생의 시작과 마지막은 사랑입니다.

나 아닌 누군가를 사랑한다는 것은

내가 존재한다는 의미.

사랑의 글은 나를 설레게 합니다.

또한 나를 동심의 세계로 젖어들게도 하고요.

내가 살아가고 있음은

누군가의 또 하나의 사랑이 나를 향해 있기 때문임을 압니다.

누구를 사랑할 수 있고

누군가에게 사랑받기를 바라는 마음은

우리가 모모에게 배운 것입니다.

사람은 사랑 없인 살 수 없다는 것을.

누가 무어라 해도

사랑은

이 세상이 따뜻하고 아름답다는 최소한의 이유입니다.

심산유곡 암자에 독경 소리가 울립니다.

자비를 실천하려고 속세를 떠나 마음을 비우신 스님들이 계십니다.

울타리 높게 쳐진 수도원이 있습니다.

희생과 가난, 복종으로 하느님을 닮아가는 수녀님들이 계십니다.

지금 그 분들이

우리에게 사랑을 베풀고 계십니다.

이 세상에서 마음과 몸이 힘들게 살아가는 모든 이들을 위해 기도하고 계십니다.

사랑은 헌신입니다.

겨울의 동토를 뚫고 나온 황금색의 복수초가 기지개를 펴려는 초봄
의 문턱.
우리네 모두가 희망과 기쁨으로 다시 찾아온 봄을 맞기를 소원합
니다.

                              2019년 봄을 앞에 두고 드림.

수
녀
님
의

첫
사
랑

사랑은 이 세상이 따뜻하고 아름답다는 최소한의 이유입니다.

- 본문 〈프롤로그〉

。

백운대 일출

"와~"

숨이 멎을 것 같은 풍경에 모든 신체기관이 움직임을 멈추었다.

주체할 수 없는 감동에 뜨거운 기운이 온몸의 핏줄을 타고 심장

으로 모여들면서, 다른 단어로는 달리 표현할 수 없는 대자연

의 장엄함은 오직 한 글자로 벅찬 느낌을 밖으로 전해 준다.

"아!"

용틀임을 하듯 출렁이는 하얀 구름바다 저 끝 동녘에서, 붉은

태양이 찬란한 햇살을 온 누리에 뿌리며 어둠을 밀쳐 내고 서서

히 떠오르고 있다.

'이렇게 장엄해도 되는 건지?'

꿈속에서나 보았을 천상의 세계가 거짓말처럼 다가온다.

환희의 순간.

이 세상에 존재하는 눈물, 힘듦, 초조, 미움, 배신, 슬픔, 분

노, 갈등 등 부정적인 모든 단어가 거대한 운해의 풍랑에 밀려

이리저리 움직이고, 오직 판도라 상자의 마지막 남은 '희망'만
이 그 오랜 갇힘에서 벗어나 넘실대는 파도를 맘껏 타고 있다.
광명의 빛이 눈이 시리도록 파란 하늘을 붉게 물들이면서 어둠
을 빠른 걸음으로 그들의 집으로 물러가게 했다.
찬란한 새날이 시작되었다.

대자연이 연출하는 정경에 넋을 놓고 바라보다 불현듯 생각나
는 얼굴이 붉게 물든 운해의 수평선 위에 떠오른다.
풍랑을 헤치고 점점 다가오면서 자꾸만 커지는 얼굴.
그렇게 오랜 시간이 지났는데도 삶 속에서 지워지지 않고 언제
나 가슴 한구석 깊숙이 자리를 차지하고 있다.
'너무 보고 싶다.'
보고픔, 그리움이라는 감정으로 머릿속을 온통 하얗게 만들며
피안의 저편 언덕 위에 오래된 기억의 창고 속에서도, 언제나
밝고 선명하게 떠오르는 얼굴.
추스를 수 없는 마음에 눈물이 나도록 시리고 아픈 이름도 끄집
어내었다.
그리고 구름이 만들어 내는 망망대해를 향해 힘껏 소리쳐 불러
본다.
하얀 구름 속 멀리 둥실 떠 있는 도봉산과 햇살 받아 황금 돌산
으로 변한 인수봉에 부딪혀 다시 돌아와 귀를 울렸다.

가슴 속 심연의 깊은 곳에서 절박한 바람이 솟구쳐 오르면서, 어찌할 수 없는 마음에 파도가 출렁이는 넓게 펼쳐진 운해를 그리움과 애절함을 가득 싣고 힘차게 노를 젓는다.

"이제는 만나러 가야지!"

°

복수초

"오빠, 찾았어!"

순이가 구슬이 구르듯 청명한 목소리로 앞에서 꽃을 찾아 낮게 허리를 굽히고 삼매경에 빠져 있는 철이에게 외친다.

반사적으로 급히 몸을 돌려 다가갔다.

"찾았구나. 야~호!"

땅이 울리도록 서로 얼싸안고 발을 구른다.

계속 머무를 것 같았던 매서웠던 겨울.

길었던 추위 속 얼어붙었던 동토의 땅을 박차고 수줍은 듯 살포시 고개를 들어 마음껏 자태를 뽐내는 황금색 꽃.

"오빠! 어떻게 이런 가냘픈 가지로 딱딱하게 얼어붙은 땅을 뚫고 나와 꽃을 피울 수 있는 거야?"

초롱한 눈으로 답을 요구하는 순이에게 진지한 목소리로 대답한다.

"봄이 오면 땅이 꽃을 피울 수 있게 작은 길을 내주는 거야."

"그럼, 땅과 꽃은 서로 친한가 봐?"

"맞아. 그러니까 올해도 서로 안 헤어지고 땅이 다시 길을 내주어 같은 장소에서 꽃을 피웠잖아."

"그렇구나. 둘은 항상 사이좋게 살아가고 있었네?"

"그렇지. 우리가 못 보는 땅속에서도 같이 다정하게 살고 있었던 거야."

"아 그러니까, 겨울에는 꽃이 추워하니까 땅속 따뜻한 곳에 머물게 하다가, 봄이 되어 햇볕이 드니 땅이 길을 만들어 주니까 밖으로 나오는 거네. 그래도 아직은 밖에 나오면 추울 텐데?"

황금색 꽃 주변엔 아직 하얀 눈이 소복이 덮여 냉기를 뿜고 있었다.

"응, 그렇게 생각할 수 있지. 그렇지만 이 꽃은 몸에서 열기가 나서 일단 밖에 나오면 추위를 안 느껴."

"몸에서 열기가 나와?"

순이의 눈동자가 호기심에 마냥 빛난다.

"몸에 열이 나서 밖에 나오면, 꽃을 피울 수 있게 주변의 눈을 녹여 버리는 거야."

"몸속에 난로가 있어?"

"꽃이 필 무렵이 되면 뿌리가 난로처럼 따스한 온기를 만들어 내."

"정말? 신기하다."

16

"신기하지? 지금 꽃의 뿌리를 캐내어 보면 온기가 느껴지고, 하얀 김이 무럭무럭 나는 것을 확인할 수 있지."

"와!"

마냥 신기해서 꽃에서 눈을 못 떼던 순이가, 철이의 말을 듣고 꽃을 파헤쳐 뿌리를 보려고 손을 가져간다.

"안 돼!"

철이의 외마디 소리에 깜짝 놀라 순이가 손을 멈추었다.

"뿌리를 파헤치면 꽃이 죽어."

"알았어 오빠. 안 뽑을게. 미안해!"

금세 상황을 알아차리는 순이가 고마웠다.

"꽃 이름이 뭐야?"

"복수초. 봄의 전령사지."

"전령사?"

"응. 무슨 일을 미리 알려 주는 사람이야."

"알았어. 그럼 오빠도 복수초같이 나한테 무엇이든 미리 미리 알려줘?"

"알았어."

티없이 맑은 눈을 바라보며 순이가 내민 새끼손가락에 굳은 약속을 한다.

철이는 생각한다.

우리 순이는 알고 싶은 것이 많아서 학교 가면 공부를 잘할 거라고…….

황금색 꽃 주변으로 그래도 간간이 불어오는 찬바람이 옷깃을 여미게 하고 있다.

햇님은 머리 위에서 더욱 밝아진 빛으로 골짜기에 부는 찬바람에 맞서 대지에 온기를 불어넣고 있고 예쁜 복수초는 그 빛을 받아 더욱 황금색을 뽐내고 있다.

봄꽃을 찾느라 숙였던 허리를 펴고 하늘을 향해 기지개를 힘차게 한 후, 골바람이 불어오는 골짜기 계곡 가운데 앞이 훤히 터진 큰 전망바위로 올라간다.

앞에 펼쳐지는 정경을 바라보며 서로 몸을 기대고 앉았다.

순이와 같이 있으면 마음이 평온해지고 느껴지는 순이의 따스한 체온이 포근함을 가져다준다.

정면에는 인왕산의 전 모습이 길게 횡렬로 펼쳐있고, 왼쪽 산자락이 끝나 가는 곳에는 북한산이 신비함을 머금고 아스라이 산그리메를 만들고 있었다.

"오빠. 저 인왕산에는 정말 호랑이가 있었어?"

티 없는 눈으로 바라보는 순이의 눈을 쳐다보고, 자신 있게 힘주어 대답한다.

"그럼, 여기 안산에도 호랑이가 있었어. 그래서 예전에는 호랑이가 두 산을 넘나들며 자주 나타나서, 안산과 인왕산 사이 고개는 낮에도 혼자 못 넘어 다녀서 '무악재'라고 하는 거야."

"무악재?"

"응. 사람들이 모여서 넘어야 한다고 해서 그렇게 불렀대."

"아유! 무서워라…….."

호랑이가 살았다는 소리에 정말 무서운 눈빛을 감추지 못하는 순이의 모습이 너무 진지하여 철이에게도 전해졌는지 팔에 소름이 돋았다.

햇살은 따사로움을 더욱 품고 대지에 마음껏 온기를 불어넣으면서 청명한 하늘과 어우러져 대지에 봄이 왔음을 알려준다.

순이가 인왕산에서 왼쪽으로 눈을 돌려 파란 하늘 아래 뚜렷이 존재를 드러낸 북한산을 쳐다본다.

"오빠. 저기 북한산은 인왕산보다 높아?"

순이의 질문이 시작되었다.

"그럼, 인왕산보다 훨씬 높아. 아마 두 배도 더 높을 걸?"

"오빠는 저기 보이는 제일 꼭대기까지 가 보았어?"

"아니. 아직 못 가 보았어, 저기까지 가려면 며칠 동안 꼬박 걸어야 할 거야."

왼쪽 끝에서 길게 오른쪽으로 뻗어 있는 북한산 자락 중에서 오른쪽에 제일 높게 솟아 있는 봉우리가 있었다.

'보현봉'.

서울에서는 어디서나 보이는 봉우리.

그때는 철이도 지금 시야에서 펼쳐지는 북한산 산그리메 중에서 제일 높은 봉우리를 북한산이라고 불리는 줄 알았기에 보이는 봉우리가 북한산의 많은 봉우리 중 하나인 보현봉이라는 사실을 전혀 몰랐다.

현재 보여지는 북한산 너머 안 보이는 곳에도 본격적인 북한산의 능선들이 더 많이 펼쳐져 있다고는 생각조차 못 했다.

따라서 당연히 북한산 제1봉이 백운대라는 것을 알게 된 것은 그로부터 몇 년이 지나서 '보이는 것이 다가 아님'을 깨달은 때였다.

"오빠!"

무엇을 다짐을 받으려는지 단호한 말투로 부른다.

"왜?"

"나하고 하나 약속해!"

동의를 구하는 것이 아니라 명령조다.

"뭔데, 쉬운 거야?"

다소 긴장감을 갖고 물었다.

"오빠가 저기 북한산 꼭대기에 올라가서 내 이름을 크게 불러 줘!"

"응! 언제? 오늘?"

"아니. 다음에."

휴~ 안심을 하고 다시 눈동자가 반짝이는 순이를 바라보며 굳게 약속한다.

"알았어. 꼭 북한산 꼭대기에 올라 우리 순이 이름을 크게 불러 줄게."

자신 있게 답했다.

"우~와! 신난다."

순이 얼굴에 화색이 돌았다.

"저기 꼭대기서 오빠가 크게 내 이름을 불러주면 여기서도 들을 수 있겠지?"

다소는 엉뚱한 말에 어이가 없었지만 이해를 돕기 위해 고개를 가로저으며 알기 쉽게 말을 덧붙였다.

"아니야. 저기 북한산은 오늘 날씨가 좋아 가깝게 보여도 거리가 멀어서, 내가 크게 소리쳐도 여기서는 들을 수 없어."

순이가 고개를 갸우뚱하며 큰 눈으로 철이를 올려다본다.

"오빠. 우리가 산에서 '야호~' 하고 소리치면, 소리가 멀리 갔다가 한참 있다 다시 돌아오잖아?"

'야호~' 소리가 아주 먼 산에 부닥쳐서 다시 돌아오는 걸로 알고 있는 순이의 순수한 상상력에 실망을 주기 싫어 무심코 고개를 끄떡여 주었다.

"그래, 우리 순이 말이 맞아. 오빠가 꼭대기에 올라서 우리 순이 이름을 여기서도 들을 수 있도록 힘차게 불러 줄게."

철이의 확실성 없는 답을 믿고 순이의 얼굴이 금세 얼음을 뚫고 나온 복수초처럼 환해졌다.

그런 천진스런 순이의 눈을 바라보면서 반드시 북한산 꼭대기에 올라 이름을 불러줄 것을 굳게 다짐하였다.

햇님은 점점 고도를 높여서 지금은 머리 위에서 밝은 빛을 계속 온 누리에 쏟아내며 봄이 왔음을 알리고 있다.

"오빠. 이제 내려가자."

"그래, 물통에 물 마저 채우고 가자."

'봉화뚝'

예전에 산 정상 봉수대에 봉화를 올려 신호를 주고받았을 때, 정상 아래 계곡에 관군들이 머물던 곳이라서 지금도 봉화뚝이라 불리어지는 곳이다.

집 몇 칸이 충분히 자리를 차지할 수 있는 제법 넓은 공간에는 후덕하게 생기신 스님 한 분이 머무시는 아담한 암자가 자리를 잡고 있다.

독경을 안 하는 시간에는 농구장만 한 마당에서 열심히 부처님의 형상을 정성스럽게 빚고 여러 가지 알록달록하게 색칠을 하시며 하루를 보내신다.

봉화샘이라는 약수터도 있다.

봉화샘은 스님이 머무는 암자 바로 위, '마애석가여래입상'이라는 부처님의 서 계신 모습이 새겨진 커다란 바위 밑에 아담하게 자리를 잡고 있다.

웅덩이에 고여 있는 약수 물은 아무리 가물어도 아랫마을 봉화뚝 사람들에게는 이곳까지 올라오는 힘듦을 감내할 수 있다면 언제나 충분한 식수를 제공한다.

약 50여 채가 옹기종기 모여 있는 이곳 산동네 봉화마을은 집집마다 수도가 없어 수돗물을 받으려면 물지게를 지고 한참을 내려가서 공동수도에서 돈을 주고 수돗물을 물통에 받아 와야 했다.

따라서 '봉화샘' 약수터는 주민들에게는 부처님이 베풀어 주시는 아주 귀중한 선물로 받아들여졌다.

중1 남학생이 들기에는 다소 무거워 보이기는 하지만 매일 이곳에 와서 물을 떠 가는 것이 하루의 일과이기에 습관적으로 물통 손잡이를 꽉 움켜잡았다.

내려가는 길목, 햇님이 잘 찾아주지 않는 골짜기에는 아직은 겨울의 흔적인 잔얼음이 군데군데 남아 있다. 그런 겨울의 동토를 뚫고 파릇파릇 솟아오르는 새싹들이 봄이 성큼 다가오고 있음을 알려준다.

"순이야. 뛰지 말고 천천히 내려가."

3학년이 되었지만 철이가 보기에는 마냥 어린애로 보이는 순이를 바라보며 그저 걱정스런 마음뿐이다.

해가 중천에 떠올라 따사로운 햇살을 온 누리에 뿌리니 차가웠던 대지 위에도 봄의 기운이 넘쳐 난다.

봉화뚝에도 봄이 왔다.

어른들이 말씀을 하시곤 한다.

없는 사람들에게는, 겨울보다는 봄이 좋다고…

순이도 철이도, 추운바람이 옷섶을 파고드는 겨울보다는 예쁜 꽃들이 피어나고 초록의 새싹들이 돋아나는 봄이 좋았다.

더욱이 봄이 오면 순이가 마음껏 뛰어다닐 수 있었다.

새끼줄로 신발을 감싸 주지 않아도 미끄러지지 않고 무사히 집에 도착했다.

"오빠. 점심 많이 먹어."

정겹게 손을 흔들며 얼굴에 밝은 미소를 머금고 작별의 인사를 건넨다.

"천천히 내려가. 뛰지 말고."

순이네는 비탈길을 제법 내려가 마을의 공동수도가 있는 곳에 자리 잡은 이곳에는 몇 채밖에 없는 기와집에 살고 있다.

TV도 있어서 한창 인기 좋은 '여로'라는 일일 연속극이나 중요한 운동경기를 할 때는 마음씨 좋은 순이 어머니는 마당에 TV를 갖다 놓으시고 대문을 활짝 열고, 마을 사람들이 누구나 볼 수 있게 배려를 해 준다.

더욱이 순이 어머니는 사람들이 모이면 과자나 빵은 물론 가끔은 사과, 참외 등 이곳 대다수 봉화뚝 사람들이 제대로 먹을 수 없는 제철 과일도 정성스럽게 준비해 주시곤 하였다.

그래서 마을 사람들에게 순이네는 존경과 선망의 대상이었다.

순이네 집 높다란 대청마루 중앙에는 가시면류관을 아프게 쓰고 십자가에 매달려 계시는 예수님이 집안 전체를 성스럽게 감싸 안고 있고, 십자가 아래 작은 나무 탁자에는 항상 성경책이 가지런히 놓여 있었다.

그러한 정돈된 분위기는 담장을 따라 조성된 꽃밭과 청아한 참나무 기둥과 어우러진 전통 한옥과 기막히게 조화를 이루어 포근하기도 하지만 엄숙함마저 자아내고 있기에, TV를 보러 대문턱을 넘는 주민들에게 새삼 옷깃을 여미게도 하였다.

순이는 봉화뚝에서 제일 잘사는 마음씨 넉넉한 후덕한 집의 딸이었다.

가로 세로 무언가 각이 잘 안 맞아 '삐꺼덕' 소리를 내는 허술한 나무 대문을 밀치고 안으로 들어선다.

"멍! 멍!"

크지는 않지만 그렇다고 아주 작지도 않은 강아지가 꼬리를 흔들며 철이에게 달려들어 자기가 무슨 높이뛰기 선수인 양 뛰어올라 철이의 품에 덥석 안긴다.

"쫑, 그래 그래, 이제 그만."

허락 없이 긴 혀로 마구 얼굴 이 구석 저 구석을 맘대로 핥는 바람에 정신을 차릴 수 없어 순이와 헤어질 때 아쉬웠던 마음이 저만치 달아나 버렸다.

1년 전 야생 늑대처럼 봉화뚝 위 거의 봉화대 정상 근처에서 혼자 배회하는 녀석을 몇 번 마주쳐서 눈인사만 주고받았을 뿐인데, 그것도 인연이라고 정이 들었는지 어느 날 갑자기 집까지 따라와서는 아예 눌러앉아 버렸다.

낮에는 어머니도 누나도 일하러 밖에 나가시고, 내년에 초등학교에 입학할 동생만 집에 주로 있기에 '쫑'이 집안 한구석을 차지하는데 대하여는 다른 가족들도 별다른 이야기가 없어 묵시적으로 끼니를 같이하는, 가족 아닌 식구가 되었다.

어찌 보면 음식만 축내는 식객이 아니라 낮에는 거의 집안에 혼자 남게 되는 막내 동생의 외로움을 보담아 줌은 물론 외부의 침입으로부터 집안을 지켜주는 집사 구실도 톡톡히 하고 있다.

"민아. 배고프지? 우리 점심 먹자?"

"알았어, 형."

"우리 수제비 해 먹을까?"

"또 수제비?"

"다음에 다른 것 해 줄게. 오늘만 수제비 먹자?"

다음 다음 하면서 벌써 몇 번째 동생한테 선의의 거짓말을 하고 있다.

사실 다른 음식재료가 준비되어 있다 하더라도 수제비나 라면

26

말고는 뚜렷하게 자신 있게 요리다운 요리를 해 줄 음식 실력도 갖고 있질 못했다.

보리쌀과 섞어서 밥을 짓는 데는 능숙하지만 김치 말고는 별다른 반찬도 없어서 감자 썰어서 '미원'이란 조미료만 넣고 간을 맞추면 되는 수제비가 빨리 허기를 채우기에는 제격이었다.

옻칠이 듬성듬성 벗겨진 작은 교자상에 동생과 둘이 앉아 김치를 가운데 놓고 점심 숟가락을 들고 쫑에게는 마당 한구석에 커다란 대접에다 이웃에서 준 잡탕밥을 푸짐히 내놓아 주었다.

따사로운 햇살이 마당과 흙벽돌로 쌓은 양철지붕 집 안쪽까지 그윽이 숨어들면서 어느 시골의 한적한 정경인 양 한 폭의 그림을 만든다.

봄이 다정히 점심상을 마주하고 앉은 형제들에게도 살포시 다가와 더욱 훈훈한 분위기를 만들어 주고 있다.

。

광화문

경복궁이 바라다 보이는 광화문 4거리.

삼각뿔 형태의 북악산이 단아하고 웅장하게 자리 잡은 조선시대 정궁인 '경복궁'을 내려다보고 있고, 북악산 뒤로는 꼭대기에 올라 순이 이름을 크게 불러 주기로 약속했던 북한산이 긴 산그리메를 그리고 펼쳐져 있다.

왼쪽으론 커다란 바윗덩어리인 인왕산도 위엄 있게 자태를 뽐낸다.

수많은 차들이 신호등이 바뀔 때마다 길게 꼬리에 꼬리를 물고 아스팔트길을 달리고, 네거리에 위치한 극장과 신문사 주변에는 많은 사람들이 분주하게 빠른 걸음으로 길을 걷고 있다.

'동아일보사'.

일제강점기에 모두가 고개 떨구고 숨죽이고 있을 때, 그래도 용기 있게 민족의 한을 담아냈다고 자평하는 신문사.

신문사 정문 앞쪽 도로 건너 다소 넓은 공터에 많은 사람들이

웅성웅성 모여 있다.

신문사 정면에 걸려 있는 시계가 2시를 가리킴과 동시에, 한 무리의 사람들이 신문 다발을 들고 여기저기서 나타났다.

"특보! 특보!"

신문 다발을 땅에 내려놓기가 무섭게 크게 소리친다.

웅성웅성 모여 있던 사람들이 여기저기 놓여 있는 신문 다발로 달려간다.

"동아일보 20부요-"

"중앙일보 10부!"

"경향신문 5부!"

"신아일보 5부!"

석간신문이 나온 것이다.

서둘러 주머니에서 돈을 꺼내 신문을 샀다.

몰려드는 사람들을 제치고 가능한 빨리 신문을 사서 옆구리에 끼고 단거리 달리기 선수처럼 잽싸게 달린다.

오늘은 명동 쪽으로 방향을 잡았다.

검은 학생복과 학생모를 쓰고 제법 부피가 나가는 신문을 종류별로 구분하여 떨어지지 않게 옆구리에 꽉 끼고 포도길을 바람을 밀치고 달리며 소리친다.

"동아일보~ 경향신문이요, 중앙일보~"

"기사 특보!"

요즘은 간간이 신아일보를 찾는 손님들이 있어 직감적으로 5부를 받았다.

지금 받은 신문만 제 값 받고 다 팔리면 라면 20개나 그 비싼 쇠고기를 1근이나 살 수 있는 분량이다.

"어이. 학생!"

빠르게 양복 입은 아저씨한테 달려가 웃는 얼굴로 '꾸벅' 인사를 드린다.

옆구리에서 재빨리 신문 한 부를 꺼내 건네드렸다.

동아일보를 한 부 받으시며 다정하게 어깨를 두드려 주고 돈도 10원을 더 주시면서 "학생! 많이 팔어." 하시더니

"공부도 열심히 하고."

응원의 한 말씀까지 곁들여 주신다.

신문 한 부 값도 덤으로 더 받고 다정한 격려의 말씀까지 해 주시니 어깨에 힘이 솟고 감사한 마음에 눈물이 날 정도로 고맙고 고맙다.

다시 한번 크게 인사를 드리고 분주하게 오가는 사람들을 헤치면서 복잡한 종로 길을 달린다.

"특종이요! 동아, 중앙, 경향이요~"

그런데 사실 철이는 오늘 신문이 왜 특종인 줄 모른다.

신문 배부하신 분들이 특종 기사가 났다고 해서 무슨 내용인지도 모르고 소리를 친다.

하기야 올해 들어 자주 '특종' 기사가 났다.

올해 1월 겨울방학 때는 김신조라는 무장공비가 북에서 남으로 넘어와 광화문 네거리에서도 바라다보이는 경복궁 뒤편 청와대를 폭파하러 왔다가, 하필 우리 순이가 이름을 불러달라고 했던 북한산에 숨어 있다가 동료들은 사살되고 혼자만 잡혔다고 한다.

그날은 겨울 한파에 너무 추웠지만 통행금지 시간을 맞출 때까지 몇 번에 걸쳐 신문을 받아 정신없이 팔아서 돈을 최고로 많이 벌었다.

그래서 4거리 국제극장 뒤편 호떡집에서 '호호' 불며 호떡을 2개나 먹고 식구들이 생각이 나서 몇 개를 봉지에 담아 가지고 늠름하게 집에 들어갔었다.

물론 순이에게도 다음날 주어야 하니까 포장을 두세 겹으로 식지 않게 단단히 싸서 윗옷 주머니에 챙겼다.

사람들은 전쟁이 날지 모른다고 걱정들을 하면서 신문을 사는데 철이는 주머니에 쌓여 가는 돈과 사랑하는 사람들에게 호떡을 사 갖고 간다는 기쁨에 그저 기분이 하늘에 닿았었다.

그러면서 "항상 오늘처럼 신문이 많이 팔리면 얼마나 좋을까?" 하고 빌었다.

철이의 간절한 소원이 어느 정도 하늘에 닿았는지 며칠 있다가 또 한 번의 기회가 더 주어졌다.

'푸에블로 호'라는 미국 배가 북한에 나포되어 미국의 항공모함이 출동한 날도 신문은 날개를 달았다. 그리고 그 이후도 예전과 다르게 신문 판매 부수가 눈에 띄게 늘었다.

오늘도 어제처럼 2시에 받았던 신문을 다 팔고도 시간이 남아 20부를 더 배급받아 한 부만 남겨 놓고 다 팔았다.

동아일보사 배급소에 맡겨 놓은 책가방을 챙기고, 6시에 시작되는 학교 수업에 맞추기 위해 부지런히 발걸음을 빨리한다.

오늘 1면에 커다랗게 난 제목 "예비군을 창설한다"는 것이 특보임을, 일을 마치고 버스에 오르면서 팔다 남은 신문기사를 보고 알았다.

'예비군이 뭐하는 거지?'

궁금하였지만 구태여 의미를 애써 알려고 하지 않고 머리를 한 번 휘젓고 정신을 가다듬으며 책가방을 옆에 끼고 교문을 들어선다.

어른들은 북한 때문에 전쟁이 날까봐 조마조마하고 불안할지 모르지만 철이는 신문이 잘 팔리니 요즘은 어깨에 힘도 들어가고 버스에서 내려 학교 정문을 들어갈 때까지는 자기도 모르게 콧노래도 흥얼거렸다.

무엇보다도 잘되면 순이와 동생 민이에게 호떡이 아니라 50원하는 자장면도 한 그릇씩 사 줄 수 있을 것 같았다.

추운 겨울이 가려 하고 복수초가 봄을 알리는 꽃피는 시절에 중학교에 입학해서 새롭게 시작된 새 학기가, 비록 낮에는 신문을 옆구리에 끼고 거리를 뛰어다닌 피로가 남아 있었지만 배우는 과목마다 마냥 흥미로웠고 선생님들의 가르치시는 수업이 머리에 '쏙쏙' 들어왔다.

마음속으로 두 손을 모은다.

더도 덜도 말고 요즘처럼 신문이 잘 팔리게 해달라고.

。

아프리카

산을 화사하게 치장해 주던 예쁜 봄꽃들이 씨방을 만들려 꽃잎을 털어내고 연록의 나뭇잎이 점점 진한 초록색으로 바뀌어 가는 여름의 문턱.

어제 비가 내린 후 오늘 날씨는 유난히 햇살이 밝고 시야가 깨끗하여 멀리 떨어져 있던 북한산이 가까이 다가와 바로 눈앞에 펼쳐져 있다.

햇님이 머리 위를 살짝 넘어간 포근한 일요일 이른 오후.

부모님을 따라 성당에 일요미사를 다녀온 순이가 반가워 연신 꼬리를 흔드는 쫑의 인사를 받으며 한 손에는 공책을 들고 또 한 손에는 제법 부피가 나가는 봉투를 들고 싸리문을 들어선다.

"그래, 점심은 먹었어?"

넓지 않은 마당이지만 기다란 나무빗자루로 마당을 쓸고 있던 철이가 반가운 눈빛으로 순이를 바라보며 애정을 실어 물었다.

"미사 끝내고 아빠랑 엄마랑 신부님과 성당에서 점심 먹었어."

"엄마가 오빠 집에 가져다 드리라고 이거 싸 주셨어."

두툼한 봉투를 내민다.

봉투를 여니 맛있게 구워 낸 찜닭이 방금 전에 식사를 했는데도 침샘을 자극하는 강한 향내를 전해 주며 입 안 가득 군침을 돌게 한다.

며칠 전 순이가 불쑥 "무엇이 먹고 싶어?" 묻기에 아무 생각 없이 그냥 흘러가는 말투로 닭고기가 생각난다고 했었다.

그 소리를 전해 들으신 순이 어머니가 대추 인삼 등 몸에 좋다는 갖은 재료들을 넣고서 정성스럽게 찜닭을 보내 주신 것이었다.

부엌에서 허리를 굽혀 설거지를 하시던 어머니가 부엌 문지방을 넘어 마당에 나오시면서 반갑게 순이를 맞으신다.

"어머니께서 이렇게 귀한 음식을 보내 주셨네. 엄마한테 고맙다고 전해 드려."

순이는 밝은 미소로 명랑하게 대답을 하고 철이의 손을 덥석 잡고 팔을 힘차게 흔들며 오른쪽 방으로 들어갔다.

좌식 책상을 마주보며 앉았다.

왼쪽 손에 꼭 잡고 있던 공책을 편다.

"오빠, 숙제야."

"무슨 숙제인데?"

"담임 선생님이 자기가 알고 있는 세계 주요 나라와 도시의 위치, 그리고 산맥이나 강 같은 중요한 지형을 지도 상에 간단히 표시해서 가져오라고 했어."

"엄마한테 말했는데 오빠한테 가서 물어보래."

"요즘 사회 배우니?"

"응, 재밌어. 특히 세계지리가 좋아."

"그래, 그럼 세계에서 제일 높은 산이 어딘지 알겠네?"

순이는 잠시 머리를 갸우뚱하더니 답을 내놓았다.

"배베레스트!"

"뭐? 배베레스트? 다시 한번 말해 봐."

순이는 다시 물어보는 철이가 이상한지 더 크게 힘차게 말한다.

"배베레스트."

'하 하~' 웃음이 터져 나왔다.

순이가 의아한지 눈을 크게 뜨고 쳐다본다.

"배베레스트가 아니고, 에베레스트야."

"?"

"나중에 영어를 배우면 Everest로 표기해."

순이는 아직 영어를 안 배우는 초등학교 3학년.

A B C D E 영어 철자를 큼지막하게 백지에 써서 'E'자 발음을 정확히 알려 주었다.

"오빠, 나는 배를 타고 멀리 가야 볼 수 있어서 배베레스트인 줄 알았어."

엉뚱하지만 순이의 상상력에 놀랐다.

'순이는 어른이 되면 세상에 큰일을 할 사람이 될 거야.'

혼자 예단을 내린다.

그리고 단어 하나마다 힘을 주어 알려준다.

"에베레스트는 히말라야산맥에 우뚝 솟은 산인데, 높이가 8,850미터나 되는 세계에서 제일 높은 산이야. 바로 앞에 인왕산이 300미터도 안 되니 얼마나 높은지 상상이 되지?"

순이의 눈이 커졌다.

"그렇게 높아? 인왕산도 높은데 그럼 인왕산의 10배 20배 아니 그 이상으로 높네. 어휴!"

"그래. 우리가 사는 지구에는, 높은 산들이 여기저기 많이 있어."

"그럼, 우리나라에서 제일 높은 백두산은 몇 미터야?"

순이의 탐구본능이 살아난다.

"응. 백두산의 최고봉은 '장군봉'이라고 하는데 높이가 2,744미터야."

"아휴, 그렇게 작아?"

우리나라 최고봉이 에베레스트와 비교해 높이가 너무 낮으니 순이의 마음속에 민족의 자존심이 상하는지 실망하는 빛이 역력하다.

"순이야, 마음 아파하지 마. 산은 무조건 높다고 좋은 것이 결코 아니야, 우리 백두산은 깊고 아름다운 호수가 세계에서 제일 높은 곳에 있어서 세계에서도 아주 유명한 산이야."

"학교에서 배운 백두산 꼭대기 천지 말이지?"

다시 순이의 얼굴에 화색이 돌아왔다.

"맞았어. 천지 크기와 깊이가 엄청나서, 세계적으로 알려진 신
비스러운 산이야."

"천지는 왜 생겼어?"

"그건 산 속 아래에 마그마라는 거대한 불덩이가 끓고 있다가
땅위에 솟구쳐 올라와서 커다란 웅덩이가 생겼고 거기에 물이
고인 거야."

"산이 폭발한 거네?"

"그렇지. 화산폭발이라고 하는 거야."

더욱 초롱해지는 순이의 눈망울.

"그럼 백두산이 폭발할 때 불덩이가 떨어졌으면 사람들이 많이
죽었겠네?"

"그럼. 백두산이 폭발할 때 화산재가 하늘 높이 솟구쳐서 구름
이 되어 바람을 타고 멀리 바다 건너 일본까지도 날아갔어."

"그렇게 멀리?"

"그것만이 아니야. 백두산 근처에 있던 우리민족이 살던 '발해'
라는 나라도 화산폭발로 피해가 커서 나라까지 망했다고 해."

학교에서 내준 숙제를 해야 하는데 꼬리에 꼬리를 무는 순이의
질문에 시간이 자꾸 흐른다.

"순이야. 이제 이런 이야기는 그만하고 숙제 하자?"
고개를 끄덕인다.

하얀 종이 위에 철이가 연필을 잡고 화가가 그림을 그리듯이 손
이 몇 번 왔다 갔다 하더니, 순식간에 세계지도가 펼쳐진다.
"오빠. 어떻게 세계지도를 안 보고 그냥 그려?"
순이는 감탄했다.
"너랑 같은 학년이었을 때, 세계지도를 보고 여기저기 찾아보
며 들여다보고 있으면, 가보지 못한 미지의 세계를 이곳저곳
여행 가방을 메고 멋진 여행을 하고 있다는 기분을 느껴서 자주
지도를 가까이 해서 그래."
그리고 지도상에 이것저것 표시하며 설명을 해 준다.
'5대양 6대주'가 어디인지도 가르쳐 주고, 유라시아대륙과 아메
리카대륙이 처음엔 서로 붙어 있다가 '베링해협'을 사이에 두고
갈라진 사연을 말해 주면서, 각 대륙의 특징도 간결하게 설명
해 주었다.
"예전엔 사람들이 이곳을 막 지나다녔겠네?"
"맞아. 옛날에 우리와 같은 아시아 사람들이 이 바다를 건너서
여기 아메리카에 정착하여 '아메리카인디언'이라는 원주민이 되
었지."
"아. 정말 신기하다. 그런데 미국 사람들은 우리와 얼굴이 다르

잖아. 코도 크고?"

"그건 한참 지나서 여기 왼쪽에 있는 유럽 대륙에 살던 수많은 사람들이 배를 타고 건너가서 원주민들의 땅을 **빼**앗고 살아서 그래."

철이는 지금 세계를 움직이는 미국 영국 소련 중국 등 중요한 나라들이 어디에 있는지와 그 나라들의 수도를 알려 주면서 그 도시에서 유명한 건물 한두 곳의 이야기도 곁들였다.

그리고 마지막으로 중요한 산맥과 강을 그려 주었다.

"오**빠**. 세계에서 제일 긴 강은 어디야?"

지리에는 해박하여 즉시 답한다.

"지금은 남아메리카에 있는 '아마존강'이야."

"지금은? 그럼 다음에는 바뀌는 거야?"

"그럴 수 있지. 아마존강은 매년 강 길이가 짧아지고 있기에 세계 2위인 아프리카대륙의 나일강에게 1등을 **뺏**기게 될지도 몰라."

"강 길이도 짧아지네?"

"우리가 사는 지구가 해마다 조금씩 뜨거워지고 있는데 특히 적도 부근에 있는 아마존강이 영향을 많이 받아서 매년 조금씩 짧아지고 있는 거야."

순이의 눈이 무지 커졌다.

연이어 세계에서 주요한 강인 아마존강, 나일강, 미시시피강,

황하강, 장강(양쯔강)을 지도 위에 표시해 주고, 우리 한반도에 있는 한강, 낙동강, 압록강, 두만강, 대동강의 위치를 알려 주었다.

세계의 지붕인 히말라야산맥에서 세계 최고봉 에베레스트도 알려 주면서, 산 이름이 '배베레스트'가 아니라고 다시 한번 강조했다.

한반도 북쪽을 가로지르는 장백산맥을 그리고 민족의 영산 백두산의 위치와 중국과의 국경도 표시해 주고, 만주지방과 요동지방 연해주의 위치를 말해 주었다.

너무 많은 걸 알려 주는 것 같아 걱정이 되어서 물었다.

"순이야. 알아듣겠어? 재미나?"

환한 얼굴로 답한다.

"응. 너무 재미있어. 우리 오빠 최고!"

철이의 어깨가 으쓱 올라간다.

우리가 사는 한반도는 다소 크게 그려서, 서울에 있는 북한산, 인왕산, 안산을 빨간색으로 강조했다.

지도를 즉흥적으로 그렸지만 훌륭한 세계지도가 완성되었다.

"순이야, 너는 어디가 가고 싶어?"

"아프리카!"

거침없이 답한다.

"그래. 왜?"

"그곳에는 까만 사람들이 무섭긴 하지만, 목이 긴 기린, 타조, 얼룩말, 그리고 예쁜 새들도 많고 바나나도 과일도 풍성하다고 했잖아."

"그렇지만 거긴 무서운 사자도 사는데?"

의아한 듯 쳐다본다.

"선생님이 그러셨는데 사자도 사람이 건드리지 않으면 달려들지 않는다고 했어. 사자 인형이 얼마나 귀여운데?"

'사자도 사람이 건드리지 않으면 안 잡아먹나?'

자신에게 물어본다.

철이도 그 질문만큼은 답을 낼 수가 없어서 후일로 미루기로 했다.

순이에게 물었다.

"순이야. 미국에 가고 싶지?"

말이 끝나기 무섭게 즉답을 한다.

"아니. 아프리카!"

거리낌 없이 크게 답을 한다.

슬그머니 철이에게 걱정이 밀려왔다.

정말 나중에라도 순이가 아프리카를 가면 어쩌나 하고.

철이가 알기에 아프리카에는 무서운 뱀도 많고 초원을 뛰어다니는 사자나 표범 같은 동물들은 사람도 거침없이 잡아먹는 곳이었다.

별 생각 없이 순이에게 아프리카를 무섭고 두려운 곳이 아닌 귀여운 동물들과 새가 노래 부르며 살아가고 있는 평화로운 땅으로 설명해 준 것 같아 염려가 된다.

그러나 한편으론 '순이가 아프리카를 갈 일이 없겠지' 하는 예단을 내리고 애써 잊어버리기로 했다.

내일 제출할 숙제가 거의 끝나갈 무렵 어머니가 순이가 좋아하는 사과를 가지런히 썰어 담은 쟁반을 들고 들어오신다.

따사로운 여름 햇살이 온 집안을 훈훈하게 감싸 안았고, 안산 자락에서 부는 골바람은 초여름의 싱그러움을 듬뿍 가져와 마음껏 집안에 뿌리고 있다.

산사태

봉화뚝 아래 봉화마을에 판잣집이 늘어난다.

차가 다니는 큰길에서 오르막길을 올라 포장이 된 도로가 끝나는 지점에서 숨을 한 번 몰아쉬고 더 올라가야 철이네 집이 있다. 그보다 위에는 작년까지 집 서너 채 밖에 없었는데 올 들어 벌써 5채의 집이 새로 지어졌다.

그 이외에도 더욱 위쪽 산 중턱에 집을 지으려고 나무를 베고 터를 닦는 곳이 서너 곳 더 있다.

자꾸 늘어나는 판잣집에 아름드리나무가 베어지면서 초록의 산이 눈에 띄게 점점 민둥산이 되어 간다.

사정이 이렇다 보니 급기야는 구청에서 발 벗고 나섰다.

작년 이후에 새로 지은 집들은 벌금과 함께 내년 봄까지 원상복귀를 안 하면 강제철거를 한다고 통지서를 보냈고, 기존 주택은 '양성화 무허가주택'이라는 다소 모호한 이름을 붙였다.

2년 전.

수도 서울의 확장이라는 명목으로 한남대교를 개통하면서 서울의 남쪽 한강 너머 '말죽거리'와 진짜 서울인 북쪽이 다리를 통해 하나가 되었다.

그 후.

행정구역상 경기도 관할이었던 한강 이남의 논과 밭만 펼쳐져 있던 농업용지와 누에를 치던 잠실까지 서울로 편입되면서, 곧이어 대대적인 강남 개발에 착수한다고 온 나라가 술렁거리고 있다.

또한 우리나라도 자동차만 씽씽 달리는 고속도로를 만든다고 한다.

그러다 보니 서울 전체에 개발 바람이 불었고, 그런 개발붐에 밀려 돈 없고 힘없는 사람들은 어쩔 수 없이 등 떠밀려 그동안 정겹게 살 붙여 살던 터전을 떠나서 외곽의 언덕이나 산으로 자꾸 몰려들었다.

그래서 '달동네'라는 새로운 용어가 생기기 시작했고 봉화마을도 이런 현상을 비켜갈 수 없어 무허가 집들이 산 중턱까지 파고들며 산림을 훼손하게 된 것이다.

가만히 앉아 있어도 땀이 옷을 적시는, 푹푹 찌는 한여름이 시작되었다.

올 여름은 비가 하루가 멀다 하고 자주 내린다.

정규방송을 멈추고 올해 들어 벌써 3번째 발생한 태풍이 아주 많은 비를 동반하고 곧 우리나라에 상륙한다는 일기예보 특별 방송을 하고 있다.

강력한 태풍에 철저한 대비를 강구하라는 재난방송이 계속되면서 주민들도 할 수 있는 모든 준비를 하고 태풍을 기다리고 있었다.

동사무소에서도 마을에 몇 군데 설치된 스피커를 통해서 여기저기 살필 것을 독려하고 가가호호 방문점검도 했다.

하루가 지나고 예견되었던 태풍이 무서운 기세로 바람과 천둥번개를 동반하고 낮을 밤으로 만들면서 엄청나게 비를 뿌리면서 봉화마을에 찾아왔다.

쏟아지는 빗줄기는 그칠 줄 모르고 날이 훤히 밝을 때까지도 멈추지 않고 오히려 시간이 갈수록 그 위세를 더해 갔다.

여명이 지나고 아침을 먹으려고 숟가락을 막 들려는데 어디선가 갑자기 커다란 굉음이 울리면서 여기저기서 단말마적인 외마디 아우성이 터진다.

천둥 소리보다 더 큰 굉음.

곧이어 절규하는 울음소리가 굵게 쏟아지는 빗소리를 뚫고 귀를 때린다.

철이네 집 바로 너머 골짜기에 참혹한 산사태가 났다.

봉화뚝 부처님 조각상을 만드는 암자 아래 흙들이 쓸려가면서 집채만 한 커다란 바위를 밀어내어, 계곡의 물살을 타고 굴러 와서는 계곡 주변에 최근 옹기종기 지어놓은 '진짜 무허가' 집들을 사정없이 덮쳤다.

고단한 삶을 사는 사람들이 일찍 일어나 일터로 나가야 할 시간에 산만 한 바위와 토사가 집들을 집어삼킨 것이다.

그야말로 '아비규환'.

폭우는 그 작은 계곡에다 무지막지하게 한강물 같은 거대한 물줄기를 만들었고, 흐르는 흙탕물 속에서 빠져 나오지 못해 죽은 사람의 몸이 산중턱에서부터 흘러 내려온 흙더미에 밀려 서서히 아래로 쓸려 내려가고 있었다.

계곡 가에 허술하게 지은 판잣집들이 물줄기에 밀려 내려온 바위에 부서지면서 집과 세간살림은 물론, 심지어 미처 빠져나오지 못한 사람까지 엄청 불어난 물에 밀려서 아래쪽으로 계속 떠밀려 가고 있었다.

폭우를 온몸으로 맞으면서 울고 있는 어린아이.

발을 동동 구르며 소리만 지르고 있는 어른들.

살아 있는 사람들은, 인간의 힘으로는 어찌할 수 없는 자연의 현상에 발만 동동거리며 바라만 보고 있었다.

그런 모습을 너무나 가슴 아프게 바라보며 한없이 눈물만 짓는 봉화마을 주민들.

사람 사는 곳이 아니고 지옥의 모습이었다.

많은 사람들이 죽고 다치고 허술한 판잣집들은 휩쓸려 내려가, 마을의 흔적은 자취를 감췄고 덕분에 구청에서는 무허가 주택을 철거하는 수고를 많이 덜게 되었다.

산사태가 한바탕 휩쓸고 지나간 자리는, 마치 전쟁터 같은 처참한 흔적을 남기면서 이 거대한 도시에 살아가는 서민들의 아픈 상처를 말해 준다.

방송국에서도 커다란 카메라를 어깨에 얹고 오고, 직급 높은 사람들은 물론이고 여러 곳에서 구경하러 오는 사람들이 몰려들어 봉화뚝은 마을 잔치 날처럼 사람들로 북적거리는 장터가 되었다.

한바탕 소란이 가시고 나서 강력한 무허가주택 단속으로 강제 철거가 시행되었고, 덕분에 철이네는 그 마을에서 높낮이 기준으로 3번째로 높은 집이 되었다.

그러나 엄청난 재난을 겪고도 뚜렷한 대책도 없이 광야로 쫓겨나야 하는 '허가받지 않은 무허가주택'에 사는 사람들.

그들이 전쟁터의 난민처럼 온갖 짐을 싸들고 눈물 흘리며 아이들을 데리고 줄지어 떠나는 모습은, 어린 철이에게 너무나 가슴 아픈 기억으로 머리에 새겨졌다.

며칠 간은 엄청난 희생에 온 마을 사람들이 멍하니 멘붕 상태였다.

그러나 시간이 다소 흐르자 하루하루 힘들게 살아가는 봉화마을 사람들은 '언제 그런 일이 있었지?' 애써 잊어버리고 평소 일상으로 돌아와 있었다.

엄청난 충격이었다.
철이는 비로소 가난이란 무엇인가 하는 물음에 대한 답을 확실하게 알게 되었고 이 세상이 너무 불평등하다는 것을 몸으로 체험하면서 배웠다.
사람의 생명이라는 것도 돈이나 권력이 없으면 아무런 가치도 없다는 것도 알았다.
학교에서 배운 것처럼 '민주주의'는 만인이 평등하지 않았고 '국민의, 국민에 의한, 국민을 위한 정치'도 아님을 알게 되었다.
이 세상은 돈과 권력이 최고의 가치였던 것이다.
마을 사람들이 저마다 생업에 돌아가서 기억 속에서 사건을 지우려 할 때 오직 순이네만이 사랑의 손길을 내밀었다.
순이 어머니는 순식간에 집과 가족을 잃어 울부짖으며 오도 가도 못하는 어린아이를 두 명이나 챙겨 집으로 데리고 가셨고 집을 잃고 망연자실한 사람들에게 기꺼이 사랑채도 내주시고 먹을 것도 챙겨 주셨다.
넓은 마당에는 동사무소에서 가져다 놓은 커다란 텐트를 치고 수해복구 작업을 하는 사람들에게 장소도 제공하고 음식도 대접했다.

그리고 순이네 성당에서는 신부님, 수녀님들이 여러 명의 교우들을 동반하고 와서, 피해를 당한 집들을 여기저기 살피면서 여러 도움을 주고 정상적인 삶을 살 수 있도록 사랑의 손길을 내밀었다.

비록 봉화마을에 엄청난 재난이 닥쳤지만 순이네의 헌신적인 사랑의 손길은 비 온 뒤에 땅이 굳는 것처럼 봉화마을 사람들이 한마을이라는 소속감을 주민들에게 깊게 심어 주었다.

이때부터 '우리 동네', '우리들', '우리 봉화뚝'이라는 신조어가 탄생되었다.

산사태 전에는 길에서 만나면 못 본 척 지나쳤던 사람들이 지금은 하루에 몇 번을 마주쳐도 서로 인사하고 안부를 묻는 '봉화뚝 공동체'가 되어 간다.

따라서 순이네는 마을의 정신적 지주로 자리매김되었고 일요일이 되면 순이 어머니를 따라 성당에 가는 사람들이 부쩍 많아지고 있었다.

'사랑과 헌신은 평화를 가져다주었다.'

벌개미취와 코스모스

9월.

하늘이라는 화폭에 파란 물감을 가득 풀어 색칠했는지 높은 가을 하늘은 눈이 부시도록 파랗게 바뀌었다.

순식간에 많은 목숨을 앗아가고 무허가주택 사람들을 이곳에서 떠나게 했던 봉화뚝 안산계곡 홍수의 아픈 흔적도 서서히 지워져 가고, 시간이라는 윤회는 또 하나의 계절을 다시 불러들였다.

산에서 불어오는 바람도 한여름의 덥고 습한 기운을 다 떨쳐내고 선선하고 상쾌한 가을바람으로 바뀌어 오감으로 계절의 오고감을 느끼게 해주면서, 길가에는 코스모스가 실바람에도 한들거리며 가을이 왔음을 알려 준다.

기억하기 싫은 아픈 상처는 그렇게 빠르게, 사람들 머릿속에서 의도적으로 잊혀져 갔고, 따사한 햇볕 아래 안산에 뿌리를 둔 나무와 풀들은 풍족한 겨울을 준비하기 위해 아름다운 꽃을 만

51

들어 가고 있다.

"오빠. 우리 꽃 보러 가자."

싸리문을 밀치고 들어온 순이가 소리친다.

"벌써 성당 갔다 온 거야?"

일요일이라 밀린 공부를 하느라 좌식 책상 앞에서 책을 펼치고 삼매경에 빠져 있던 철이가 깜짝 놀라 고개를 돌렸다.

"응. 지금 시간이 몇 시인데?"

얼른 옷장 위에 있는 탁상시계를 바라보니 벌써 2시가 가까워 지고 있었다.

점심을 일찍 먹고 책을 들고 꼬박 앉아 공부를 했으니, 다리도 피가 잘 안 통했는지 쥐가 오는 것 같고 머리도 무겁다.

"그래, 가자."

책상에 책을 밀치고 밖으로 나왔다.

"순이야. 공책하고 연필도 가져왔지?"

꽃 보러 가는 목적이 '꽃구경'이 아니고 '꽃 공부'를 하는 것이 되었다.

철이도 산에서 자생하는 야생화를 좋아하지만 나이는 어려도 순이도 야생화에 대한 열정이 대단하다.

하기야 철이도 순이 나이 때에 누나 손을 잡고 산에 올라 야생 화의 이름을 알아 가면서 그냥 지나쳤던 들꽃들이 완전히 새롭게 보이고 그 아름다움과 신비함에 푹 빠졌었다.

누나가 꽃에 대해 알려 줄 때까지는, 들에 피는 꽃은 확실히 형체를 아는 코스모스 빼고는 거의다가 개별적으로는 이름이 없는 것이고, 모두가 그저 '국화'라고 부르는 줄 알았다.

그때 누나가 말했다.

"들꽃은 그 꽃의 이름을 알고 불러 줘야, 아름답고 예쁘게 우리한테 다가온다고."

누나의 가르침을 받고 꽃들의 이름을 부르며 다가갔더니, 신기하게도 꽃들이 아름답게 속삭이며 정감 있게 더욱 예쁜 자태로 다가왔다.

'그들의 이름을 불러 주었을 때 꽃이 되었다.'

햇살이 누리를 포근하게 감싸고 산과 들 여기 저기 형형색색의 꽃들이 자태를 뽐내고 있다.

여름 홍수로 봉화마을에서 3번째로 높은 집이 된 철이네에서 위쪽 능선고개만 넘으면 인가 없는 산길이 펼쳐지고, 계곡을 좀 더 타고 오르면 왼쪽 가파른 암릉 능선과 오른쪽 완만한 능선 사이 제법 넓은 공간에 불상을 만드는 스님이 거주하는 암자가 이번 홍수에도 끄떡 않고 견고히 버티고 있다.

능선과 능선 사이에는 지난 혹독했던 한여름의 장마로 물기를 가득 머금은 산에서 내려오는 계곡물이 청량한 소리를 내며 흐른다.

고개를 넘어 냇가에 다다랐다.

"오빠. 코스모스가 많이도 피었네."

"아니야. 이 꽃은 벌개미취야."

"…"

"코스모스보다 크기는 작지만 가만히 들여다보면 꽃이 코스모스보다 더 예뻐."

순이가 꽃에 다가가서 냄새도 맡고, 이리저리 훑어 보고 여기저기 만져 본다.

"정말이네. 꽃 내음도 좋고 색이 너무 아름답다."

"벌개미취는 여러해살이풀이라서 해마다 이곳에서 다시 꽃을 피워."

무엇이든 배우는 것을 좋아하는 순이의 눈동자가 금세 초롱해진다.

"그런데, 왜 이름이 이렇게 어려워? 벌개미취."

"코스모스 같은 외래어에 우리가 익숙해져서 그래. 벌개미취는 순수 우리말이야."

"그럼, 코스모스는 원래 우리나라 꽃이 아니야?"

또박 또박 정확하게 설명해 준다.

"코스모스는 해방 이후에 태평양바다 저편 멀리 있는 멕시코에서 들어온 외국종인데, 번식력이 좋아서 우리나라 이곳저곳에 많이 자라고 있어, 순수 우리나라 가을꽃들이 피해를 입고 있는 거야."

더욱 초롱해지는 순이의 눈망울.

"그런데, 왜 가을이 되면, 봄을 알리는 복수초처럼 코스모스가 가을을 알리는 전령사라고 모든 사람들이 이야기를 해?"

"야, 우리 순이가 전령사란 단어를 어떻게 알지?"

"오빠가 지난 봄에 암자 위에서 복수초가 봄의 전령사라고 알려주었잖아."

"아, 그랬구나. 역시 우리 순이는 최고다."

엄지손가락으로 최고임을 알려준다.

"그건 김상희라는 여자 가수가 〈코스모스 피어 있는 길〉이란 노래를 불러서 오랫동안 많은 사람들한테 사랑을 받아서 그래."

"나도 그 노래 많이 들었는데…"

"'취'라는 말은 우리가 양념해서 먹는 '나물'이라는 우리말이야. 개미라는 말이 붙은 것은 꽃대에 개미가 붙어 있는 모습 같아서이고, 벌은 꽃 속에 꿀이 많아 벌들이 많이 찾아와서 그렇게 부른 거지."

"그래서, 벌. 개미. 취. 구나."

순이가 정확하게 단어 하나하나를 발음한다.

"그럼, 나물이면 먹을 수도 있겠네?"

"당연하지. 봄에 어린순은 참기름에 양념해서 먹을 수 있는 것

이 취라는 우리나라 꽃들이고, 또한 거의 다가 한방의 약재로
도 사용한단다."

"그럼. 우리나라 들꽃들이 코스모스보다도 좋네?"

"그렇지. 그래서 '신토불이'인 거지."

"신토불이. 그게 무슨 뜻이야?"

아차. 말을 하다 보니 초등학교 3학년인 순이에게 너무 버거운
단어를 사용해서 미안한 마음이 들었다.

"신토불이라는 뜻은 내년에 4학년 올라가면 한자를 배우면 알
게 될 거야."

"미리 알려 줘."

"거참, 알았어. 신토불이는 몸과 태어난 땅은 하나라는 뜻이
야. 우리나라 땅에서 뿌리를 내리고 자란 것이 우리 체질에 딱
맞는다는 말이지."

"별로 어렵지도 않네. 그러니까 우리 것이 제일 좋다는 말이
네."

"그렇지."

순이가 큰 진리라도 배운 것처럼 눈망울이 엄청나게 커졌다.
무엇이든지 배우는 것을 좋아하는 순이가 자랑스럽다.

"알았어. 그럼 앞으로 내가 코스모스보다 우리나라 꽃들을 더
욱 많이 사랑해 줄게."

철이한테 무슨 큰 호의를 베푸는 것처럼 선심을 쓴다.

토종야생화 공부를 마치고 냇물이 졸졸 흐르는 냇가를 올라 봉화뚝에 있는 암자를 향한다.

암자에 오르는 길목에는 순이가 그렇게 좋아했던 코스모스가 군락을 지어 피어 반갑게 손짓을 하는데도 매정하게 눈길도 제대로 안주고 그냥 지나친다.

"순이야. 그렇다고 코스모스를 너무 미워하면 안 돼. 우리나라 토종 야생화를 더욱 사랑해 주라고 한 말이니까."

그래도 묵묵부답.

"코스모스도 아름다운 꽃이야. 꽃말도 예쁘고."

"꽃말?"

꽃말이라는 말에 고개를 돌렸다.

"응. 서양에서 들어온 꽃들은 대개 꽃말이 있어."

"그럼 코스모스의 꽃말은 뭐야?"

"순정이야."

"순정?"

"응. 변하지 않는 순수한 사랑이라는 뜻이지."

사랑이라는 말에 순이의 얼굴에 홍조가 묻어난다. 순이가 아직은 사춘기가 아닌데 '사랑'이라는 말뜻은 알고 있나 보다.

"꽃말이 정말 예쁘네."

"그러니까 어떤 꽃이든 미워하면 안 돼."

"알았어. 앞으로는 코스모스 안 미워할게."

다시 밝은 색으로 돌아온 순이의 얼굴을 보고 '휴~' 안심을 한다.

어떤 꽃이든 미워하지 않고 순이의 착한 마음에 '미움'이란 부정
적인 단어가 자리를 잡지 않기를 마음속으로 기도한다.

좀 더 올라 마당에 코스모스가 군락을 이루고 있는 암자에 닿
았다.

스님은 오늘도 별 다름없이 암자 안에서 열심히 불상에 색을 입
히고 계시고, 따사로운 가을 햇살은 들에 핀 형형색색의 꽃들
과 어우러져 한 폭의 그림을 보여 주고 있다.

"오빠. 이곳에는 코스모스가 너무 많이 피었네?"

올해는 유난히 암자 앞마당 대부분의 땅을 코스모스가 차지하
고 있다.

아마 이번 장마철에 여러 곳에서 밀려와 뿌리를 내린 듯, 토종
야생화를 밀어내고 코스모스가 만개하였다.

"코스모스는 한해살이풀이라 뿌리를 한 곳에 깊이 내릴 수 없어
해마다 주변 상황에 따라 피는 곳이 다른 경우가 많아."

"그럼 우리나라 벌개미취는?"

"우리나라 야생화는 대부분 여러해살이풀이라서, 땅 위에 가지
나 잎이 다 없어져도 땅속에 뿌리가 있어서 다음 해에도 같은
장소에서 다시 새싹이 돋고 꽃이 피는 거야."

고개를 끄덕인다.

"그래서 신토불이구나!"

참으로 멋진 답이었다.

땅만 보고 걷던 순이가 구석에서 진분홍색 꽃을 찾았다.

"오빠. 이 꽃 좀 봐. 너무 예쁘지?"

"꽃무릇이야. 주로 암자 같은 사찰 주변 그늘진 곳에서 피는 꽃이야."

"이 꽃은 우리나라 꽃?"

애국심이 발동한 순이의 질문.

"원래는 일본이 원산지인데, 지금은 우리나라 땅에서도 잘 적응을 해서 살고 있지."

"그럼 코스모스처럼 우리나라 꽃에 피해를 주겠네?"

"아니야. 꽃무릇은 토종 야생화들에게 별다른 피해를 주지 않고 같이 다정하게 살아가고 있어."

시간이 지날수록 순이의 야생화에 대한 지식은 쌓여만 간다.

산과 들에 자생하는 꽃들은, 그냥 무심코 지나치면 아무 감흥이 없지만 걸음을 멈추고 자세히 보면 볼수록 그 아름다움에 점점 강하게 끌리게 된다.

우리네 산야에 피어 있는 야생화의 매력을 순이가 빠르게 알아가는 것이 철이에게는 기쁨으로 다가왔다.

불상에 색을 입히느라 온 정신을 집중하고 있는, 어찌 보면 그 일 자체가 수도자의 모습으로 보이는 스님을 문틈으로 엿보고 '마애여래입상'을 지나 전망바위를 향해 좀 더 오른다.

"오빠. 여기도 너무 예쁜 꽃들이 많네."

계곡의 오름길이라서 다소 습한 기운이 덮인 땅 위에 형형색색의 야생화가 여기저기서 나름대로의 자태를 뽐내며 평범했던 산길을 꽃길로 만들고 있었다.

봄에는 허리를 숙여야 복수초 같은 작은 야생화들을 볼 수 있는 곳인데, 가을이 오니 무릎까지 닿는 꽃들은 물론 어림잡아 순이 만한 키 큰 꽃들도 여기저기 피어 있다.

칸나, 개여뀌, 고들빼기, 구절초, 국화, 금불초, 무릇, 쑥부쟁이, 물봉선.

그야말로 '야생화의 천국'.

빨강 초록 파랑의 '3원색'을 갖고 대자연이 만들어 내는 꾸밈없는 순수한 아름다움에 빠져 발걸음을 멈추었다.

4년 전,

누나가 철이의 손을 꼭 잡고 이곳을 오르면서 그 때도 지금처럼, 산을 아름답게 수놓은 꽃들을 보며 하나하나 이름을 알려주면서 말했었다.

"철아. 이 세상에서 보이는 것이 다 보이는 것이 아니란다."

"?"

"아무리 예쁜 꽃들도 우리가 관심을 갖고 보아 주지 않으면 그 아름다움을 알 수 없는 거야."

"관심?"

그때는 주의를 갖고 자세히 보아야 한다는 관심이라는 뜻을 정확히 몰랐다.

"우리 눈은 보고 싶은 것만 보는 습성이 있어."

"…"

어려워 쉽게 이해가 안 되었다.

"그러니 우리 철이는 욕심 많은 코주부 아저씨의 마음이 아닌, 꽃을 바라보듯 언제나 아름다운 마음을 갖고 세상을 바라보는 눈을 가져야 해."

앞의 말들은 다소 어려워 이해하기가 힘들어 즉시 대답을 못 했지만 이 말뜻은 정확히 알아들을 수 있어 자신 있게 말했다.

"알았어요. 코주부 아저씨처럼 안 될게요."

그날 이후로 철이는 아름다움을 보는 눈이 생겼다.

'사람은 꽃보다 아름다울까?'

◦

철이의 상록수

'제3차 경제개발 5개년계획'.

그간 2차에 걸친 경제개발계획의 성공적인 성과를 바탕으로,

중화학공업의 육성과 고도성장을 목표로 한 '3차 경제개발계획'

이 시작된 해.

'보릿고개'로 표현되는 절대빈곤이라는 말이 사라지기 시작했

고, 2년 전 수해대책을 위하여 소집된 회의에서 박정희 대통

령은 수재민 복구대책과 함께 농촌 재건 운동에 착수하기로

하였다.

'근면, 자조, 자립' 정신을 이념의 뿌리로 두고 농촌에서 '새로

운 새마을 가꾸기 운동'이라고 부르던 것이 우리 국민들의 고난

을 헤쳐 나가는 저력과 맞물려 괄목할 성과를 내면서, 빠르게

도시까지 파급되어 갔다.

어디를 가나 '새마을운동 노래'가 여기저기서 흘러나오는 소리

를 들을 수 있었다.

철이는 고등학교 2학년이 되었다.

신문을 옆구리에 끼고 광화문거리를 달렸던 소년은 그런 가운데서도 장학금을 받으며 우수한 성적으로 중학교를 졸업했다.

마음 같아서는 대학에 진학하기 위하여 세간에 일류고등학교로 불리는 인문계 고등학교 중 하나를 선택할 수 있는 실력은 있었으나 가정 형편상 그럴 수가 없었다.

아직도 어머니는 새벽별을 보면서 한강 둑을 쌓는 고수부지 작업장에 나가서 돌을 날랐고, 철이와 손을 맞잡고 야생화의 아름다움을 알려 주던 누나도 국민학교 졸업 후에 청계천변에 있는 평화시장으로 출근했다.

누나가 '시다'라는 직책으로 미싱공으로 일하며 돈을 벌어 살림에 보태야만 했던 가정형편이, 졸업 후 취직이 확실히 보장되는 은행사관학교라고 일컬어지는 유명 상업학교에 갈 수밖에 없는 이유가 되었다.

그래도 먼지 날리는 소음 속 열악한 환경에서 미싱을 잡고 일하는 누나는 해를 더할수록 수입이 점점 많아졌다.

누나의 월급이 많아짐에 따라 아침에 마주하는 밥상에도 간간이 생선 반찬도 올라오고, 철이도 고등학교는 야간이 아닌 주간에 다닐 수 있게 되었다.

낮에 많은 시간을 힘들게 보내야 하는 신문팔이에서 새벽에 두 시간 정도면 할 수 있는 신문배달로 바꿔어 시간적 여유도 생겼다.

가정 형편이 다소 풍요로워지자 철이는 고등학교에 입학해서 짝이 된 옆자리 친구의 권유로 남산 자락에 있는 '임마누엘 루터교회'를 다니게 되면서, 나만이 아닌 남을 생각하는 마음이 움텄다.

무엇을 하면 열심히 하는 성격으로 학년이 바뀌면서 교회에서 학생회장을 맡게 되었고 성령강림절엔 세례도 받았다.

세례를 받았다는 사실이 철이에게 무척 큰 축복으로 다가왔고 무언가 마을을 위해 좋은 일을 하고 싶다는 생각이 불같이 피어올랐다.

그때 불현듯 떠오른 책이 심훈의 '상록수'였다.

철이가 사는 이곳, '양성화된 무허가 동네'인 봉화마을은 어느 집이나 먹고 살기에 급급하여 자녀들의 공부 뒷바라지는 거의 못 하였기에 초등학교를 졸업하면 공부를 잘하는 몇몇을 빼고는 전부 삶의 현장으로 나가야 했다.

중학교나 고등학교는 시험을 쳐서 합격을 해야만 갈 수 있었기에 공부할 여건이 안 되는 봉화마을 아이들이 저조한 성적으로 상급학교에 입학한다는 것은 결코 쉬운 일이 아니었다.

따라서 고등학교 학생은 2학년이 된 철이밖에 없었고, 중학생도 금년에 초등학교를 졸업하고 중학교에 입학한 순이와 또 다른 한 명이 고작이었다.

철이는 '상록수'를 탐독한다.

여름방학을 이용해 '농촌 계몽운동'에 참여하다 우연히 만난 수원고등농림학교 학생과 신학교 여학생의 사랑과 헌신을 그려낸 책.

가정 형편이 어려워 중도에 학업을 포기하고 고향에 내려갔지만, 강인한 의지로 아이들을 가르치며 농촌 계몽운동에 전념하다 병까지 얻어 꽃다운 나이에 세상을 떠나면서도, 사랑했던 오직 한 남자 '박종혁'에게 농민을 위해 살 것을 다짐 받고 눈을 감은 상록수의 여주인공.

계절에 관계없이 언제나 푸른 잎을 지닌 Evergreen tree, 상록수.

특히 철이는 마지막 장면을 잊을 수가 없었다.

이 세상을 살다 보면 꼭 한 명씩 등장하는 나쁜 방해자인 소설 속의 강기천 때문에, 교실에서 쫓겨난 아이들이, 창가 나무에 매달려 어떻게 하든 수업을 들으려는 처절한 배움에 대한 열정이 철이를 눈물짓게 만들었다.

이광수의 '흙'과 함께 일제시대에 민족의식을 고취시킨 대표적인 계몽 소설이라고 학교에서 배웠다.

철이는 가진 물질은 없지만 자신의 재능과 시간을 내어놓을 수 있다면 봉화뚝 아이들과 함께 더 나은 삶을 살아갈 수 있다는 믿음과 확신이 용솟음쳤다.

가난한 마을을 위하여 먼저 해야 할 일은 상록수의 주인공처럼 어린 후배 아이들을 가르치는 것이었다.

그간 교회 학생회장을 맡으면서 조직에 대하여 어느 정도 경험도 축적되어 있었고, 무엇보다도 교회 학생회 교우들이 적극적으로 참여해 주기로 했고 목사님도 전폭적인 지원을 약속하셨다.

드디어 샛별친우회라는 모임이 빠르게 결성되었다.

사전 준비를 마치고 우선 반장님에게 들렀다.

"저희들이 우리 마을을 위하여 보람 있는 일을 하려 합니다."

"그래, 어린 너희들이 이런 좋은 일을 한다는데 반장인 내가 가만있을 수 없지. 무엇을 도와주어야 하는지 어서 이야기해 봐. 그런데 너희들도 공부하는 학생들인데 학교공부에 지장이 없겠니?"

"관계없습니다. 저희들이 매일 하는 것도 아니고, 일요일이나 토요일 오후에만 하는 것이니까요."

"알았다. 좋은 생각이다. 마을에 공부하는 분위기를 만든다는 것은 정말 좋은 일이지. 내가 앞장서서 마을 사람들에게 알려서 협조를 구하마. 우선 필요한 것이 있으면 이야기해 봐?"

"많은 도움이 필요하지 않습니다. 우선 학생들이 모일 수 있는 장소만 정해 주시면 됩니다."

"그래, 아니 칠판 같은 거라도 있어야 되는 것 아니니?"

"아닙니다. 그런 교구나 문방구는 제가 다니는 교회의 목사님이 제공해 주시기로 하셨습니다."

"정말 고마우신 분이구나. 하여간 철이가 우리 동네에선 보배야 보배."

한껏 힘을 북돋아 주는 반장님의 격려를 받으며 굳은 사명감을 갖고 철이의 상록수가 막이 올랐다.

소문을 듣고 아랫마을에서도 참가자가 몰려 학생 수가 당초 예상했던 인원을 훨씬 초과했기에 더 큰 장소를 물색하는 데 애를 먹었다.

철이가 샛별친우회의 회장으로 더 넓은 장소를 구하기 위해 고민이 깊어질 때 이번에도 순이 어머니가 말끔히 해결해 주셨다.

마을사람들에게 내주었던 동네에서 제일 넓은 앞마당에, 다니시는 성당의 도움을 받아 커다란 텐트까지 쳐 주셨고 바닥에는 습기가 안 차도록 두꺼운 매트리스도 깔아주시고 책상도 구해 주었다.

더군다나 가족이 머무는 침실 이외의 나머지 방도 기꺼이 아이들의 공부방으로 내어 주었고, 가시면류관을 쓰고 십자가에 묶이신 예수님이 계시는 대청마루 벽면에는 커다란 칠판까지 준비해 주셨다.

"철아. 힘들고 어려운 일이 있으면 말해. 혼자 고민하지 말고. 알았지?"

어깨를 감싸 주시면서 힘을 잔뜩 북돋아 주신다.

그러면서도 당부의 말은 잊지 않으셨다.

"그렇다고 내년이면 3학년이 되는데 학교 공부를 게을리 하면
안 되겠지?"

"예. 명심하겠습니다."

굳게 약속을 드렸다.

상고에서 은행에 들어가려면 꼭 필요한 기본 실기급수는 주산
1급, 부기 2급, 영어는 성문종합영어, 그리고 일반상식을 상당
수준 갖춰야 했다.

철이는 이미 그정도의 자격증과 실력을 갖추고 있었기에 자신
있게 대답을 했다.

순이 어머니는, 철이에게는 또 한분의 어머니 같은 존재였던
것이다.

장소 및 교구 등 모든 준비가 끝났다.

초등학교 학년별로 '산수' 등 어려워하는 과목 위주로 교과 방침
을 정하고, 학생들의 이해도에 맞춰 반 편성을 했다.

수업은 토요일과 일요일 오후로 한정하였고, 가르치는 교우들
이 자기 공부를 하는 데 피해가 없도록 수업 시간을 합리적으로
배정하였다.

일요일 오후 수업을 마친 후 한 시간은 통기타를 잘 치는 교우
가 직접 악기를 가지고 나와 건전 노래도 가르치면서 모임에 흥

을 돋웠다.

참여하는 학생들의 학업 성적이 눈에 띄게 좋아졌고 무엇보다도 마을 전체가 동일체라는 유대감도 갖게 되어 마을에 활기를 불어 넣었다.

처음에는 의아하게 바라보던 주민들의 적극적인 참여도 이어졌다.

가르치는 날이면 먹을 것도 푸짐하게 준비해 주었고, 공부에 방해가 될까 봐 주민들이 서로서로 조용한 마을 분위기를 위해 애썼다.

가르치는 교우들도 산동네에 작은 등불이 된다는 자부심이 대단하여 신념을 갖고 열정적으로 참여하였다.

공부만이 아니라 동네 대청소는 물론 마을 구석구석에 꽃씨도 뿌리면서 아름다운 마을 가꾸기 운동도 폈다.

철이의 상록수가 새마을운동까지 승화되었다.

그렇게 몇 달이 흘렀다.

그런데 예상하지 못한 상황에서 문제가 생겼다.

순수한 교우들의 마음만으로 아무런 대가도 바라지 않고 시작한 '샛별친우회' 계몽활동이 어른들의 이기심과 영웅심으로 엉망이 되었다.

양성화된 무허가 달동네에 아름다운 미담 사례가 있다고 소문을 타게 되니, 신문사에서 취재를 나와 마을이 떠들썩해졌다. 기자가 인터뷰를 요청하려고 이 모임을 주관하는 사람을 찾았다.

"어느 분이 이런 미담 사례를 주관하십니까?"

반장이 성큼 나섰다.

"제가 하고 있습니다."

기자가 마이크를 가져간다.

"어떻게 이런 생각을 하셨습니까?"

잠시 머뭇거리다 대답한다.

"아 예. 우리 동네가 보시다시피 먹고 살기가 바쁜 가난한 동네입니다. 그래서 아이들 교육에는 신경을 쓸 수 있는 여유가 없어요."

"그래서, 반장님이 직접 나서신 거군요?"

"그렇다고 봐야죠."

"심훈의 상록수와 비슷하던데, 예전부터 이렇게 사회봉사활동을 많이 해 오셨나요?"

아주 떳떳하게 대답한다.

"제가 이곳에서 반장만 3년을 했습니다. 그 동안 뚜렷하게 한 것이 없기에 이번에 큰맘 먹고 추진해 보았습니다."

"참 존경스럽습니다."

그러면서 반장은 무슨 개선장군이라도 된 것처럼 무게를 잡았고 기자는 모여 있는 어른들을 향해 말한다.

"누구 또 말씀하실 분 없으십니까?"

그 소리가 떨어지기가 무섭게 조금씩 힘을 보태 준 어른들 몇 명이 서로 나서려고 한꺼번에 우르르 서로 밀치면서 나오는 바람에, 사진기자가 들고 있던 사진기가 돌이 많은 바닥에 떨어지며 부서지는 소리를 냈다.

그것만이 아니었다. 반장이 너무 자기를 내세우는 말에 불만을 품고 있던 어른들이 반장을 상대로 삿대질을 해가며 큰소리로 말다툼을 하면서, 기자회견장은 볼썽사나운 난장판이 되었다.

그런 상황 속에서 기자들은 고개를 갸우뚱하며 혀를 차면서 부서진 사진기를 챙기고 씁쓸한 웃음을 지으며 마을을 떠났다.

신문에 기사 한 줄 나오는 것이 가문에 영광이라도 되는 듯이, 사실을 왜곡하는 마을 어른들의 치졸한 다툼을 먼발치에서 바라본 순수했던 교우들의 마음은 산산이 찢겨지면서 강한 충격을 받아 할 말을 잊어버렸다.

그것은 정말로 추잡한 행동이었고 어른들이 학생들 앞에서는 절대 해서는 안 될 이기적인 행동이었다.

어른들의 이기심과 영웅심이 모든 걸 물거품으로 만들어 버리면서, 그간 잠시 화목했던 마을이 어른들 사이에 불신의 골만 깊어지는 계기를 만들었다.

예나 지금이나 나이를 먹어 갈수록 자기를 내세우기를 좋아하는 것은, 조물주께서 이 세상을 창조하실 때부터 기본적으로 주신 인간의 본성일까?

순수하게 시작된 자그마한 마을의 계몽 운동은 어른들의 순간적인 영웅심에 무참히 짓밟히며 어린 학생들에게 깊은 마음의 상처를 주었다.

그렇게 '철이의 상록수'는 슬프게 막을 내렸다.

그해에는 어수선한 봉화마을의 마을 분위기도 그렇지만 나라도 연일 시끄러웠다.

여름이 되면서 남북공동선언도 발표되고 곧이어 남북적십자회담도 열려서 전쟁위험도 사라지고 모든 국민이 통일의 기대까지 생각하며 한껏 희망에 부풀어 있었다.

그런데 갑자기 전혀 예상하지 못했던 박 대통령이 초헌법적인 국가긴급권을 발동해 전국에 살벌한 비상계엄이 내려졌다.

국회가 해산되고 모든 정치활동이 금지되었고 곧이어 현직 대통령의 연임 제한이 없어진 유신헌법이 발효된다.

'우리민족의 지상과제인 조국의 평화적 통일을 뒷받침하기 위하여 우리의 정치체제를 개혁한다'는 명분으로 유신헌법이 국민투표에서 압도적인 찬성으로 확정되었다.

그리고 며칠 후 '통일주체 국민회의'에서 같은 대통령이 다시 대통령으로 취임했다.

하루도 편할 날이 없는 격동의 시대가 우리나라에 도래했다.

。

명동성당

"무얼 할까?"

"자장면!"

바로 답이 나온다.

"자장면 말고 더 좋은 거 해. 먹고 싶은 거 아무거나?"

"?"

특별하게 다른 메뉴는 잘 모르는 눈치.

"탕수육도 있고, 음… 그래 이거, 팔보채?"

메뉴판을 순이에게 내밀었다.

한참을 유심히 쳐다보더니 흔쾌하게 말한다.

"그럼. 군만두."

"알았어, 이렇게 하자. 군만두는 그렇고, 자장면에 탕수육을 추가하자?"

그래서 자장면은 좀 더 좋은 해물이 많이 들어간 '삼선자장' 보통으로 주문하고, 탕수육은 맛있게 해달라고 특별히 당부를 드렸다.

한국은행 맞은편.

이곳에는 중국학교, 중국대사관도 있고 간판을 빨간색으로 치장한 중국식 기념품점과 음식점도 많을 뿐 아니라 '화교'라고 부르는 중국 사람들도 자주 마주치는 명동 속의 '작은 차이나타운'으로 불린다.

둥근 원탁이 가운데 놓인 정통 중국반점.

"오빠. 산에 벌써 취나물이 천지야."

"그래, 이제 완연한 봄이로구나. 그럼 복수초도 보았겠네?"

"응. 아침에 약수터에 갔더니 복수초가 환하게 피어 있었어."

해마다 이맘때가 되면 순이와 봉화뚝 위 암자에 올라 복수초를 찾았었다.

그러나 은행에 입행하여 2년차가 되니 업무가 바빠 한가로이 시간을 낼 수가 없었고 오늘 같은 일요일에도 직장에 나와 밀린 일을 해야 할 경우가 자주 있었다.

직장 사정도 이렇게 바쁘게 돌아갔고 간혹 시간이 나도 친구들을 만나야 했기에 순이와 같이 뒷산에 오를 기회가 없었다.

더군다나 평일에도 순이와 얼굴을 대면할 기회가 거의 없었다.

9시에 일이 시작되는 은행 시간에 맞추기 위해서는 셔터 문을 열기 한 시간 전에는 자리에 앉아서 그날의 업무 준비를 해야 하였기에 일찍 출근을 해야 했다.

몇 년이라는 작은 세월이 지나갔을 뿐인데 마냥 어린애 같던 순이가 고등학생이 된 지금은 가슴도 봉긋 솟아올라 옷맵시가 나고, 키도 커져서 제법 여자 티가 나는 어여쁘고 청순한 여학생으로 변해있었다.

7년 전 북한과의 전쟁 위험이 높아질 당시 광화문에서 옆구리에 신문을 끼고 달리며 신문팔이를 할 때 신문이 많이 팔리면 순이에게 맛있는 자장면을 꼭 사 주리라는 다짐을 지금에서야 이루게 되었다.

자장면보다도 훨씬 비싼 탕수육까지 맛있게 먹었다.

"순이야. 우리 명동 길을 걸어 볼까?"

"좋아, 오빠. 나 엄마하고 명동성당에 갈 때 몇 번 걸은 적이 있어."

"맞아, 그랬겠지. 그래, 우리 순이와 명동길 데이트를 해 보자."

무심코 내뱉은 농담에 순이의 얼굴에 홍조가 깃든다.

'중화루'라는 정통 중국반점을 나섰다.

음식점을 나와 왼쪽으로 방향을 잡고 좀 더 걸어 명동 입구를 지나 명동성당을 앞에 두고 다정히 손을 맞잡고 걸었다.

프랑스의 샹젤리제 거리 같은 대한민국의 최대 번화가인 다운타운의 의미를 알려주려는 듯, 무수한 사람들이 서로 어깨를 부딪치며 일요일 오후의 따사로운 햇빛을 받으며 명동 거리를 오가고 있다.

명동과 남대문시장.

우리나라의 쇼핑과 문화 금융의 메카답게 넘쳐 나는 유동인구로, 명동을 관통하는 넓은 길은 사람으로 덮여 있고 간간이 외국인들의 모습도 자주 눈에 보였다.

일제가 우리나라를 강점하기 전에는 평범한 주택지였으나, 일제가 충무로 일대를 상업중심지로 발전시킨 것에 영향을 받아 해방 이후에는 인근에 있는 명동에도 하나둘 가게들이 들어왔다.

그러던 것이 도심의 접근성 때문에 1970년에 '증권거래소'가 문을 열면서 인근에 금융기관, 증권회사 등이 몰려들고, 본격적으로 유입인구가 증가하여 음식, 패션뿐만 아니라 다양한 업종들이 다투어 입주하면서 지금은 외국인들이 반드시 들려 봐야 하는 서울의 명소가 되었다.

그러던 명동이 유신헌법이 발효되면서 유신에 반대하는 잦은 시위로, 쫓기는 시위대가 온전히 몸을 피할 수 있는 유일한 곳인 명동성당에 몰리면서 명동은 민주화의 성지로 또 하나의 타이틀을 거머쥔다.

화창한 봄날의 일요일 오후.

따사한 햇살을 받으며 유네스코회관을 지나 언덕 위에 높이 서 있는 명동성당을 향해 천천히 걸음을 옮긴다.

오르는 길목마다 화려하게 치장한 상가들과 먹음직한 먹거리가 가득한 음식점, 그리고 길가에 길게 늘어서서 각종 상품과 간식을 파는 노점들로 채워진 이곳이 우리나라 제일의 번화가임을 보여준다.

고개를 돌려 가며 이것저것을 보면서 오름길에 다다랐다.

오름길에서 올려다 본 명동성당은 하늘을 향해 높이 솟은 프랑스식 고딕건물의 모습 자체만으로도 범접할 수 없는 위용을 자랑하고 있다.

마치 프랑스 파리의 사방을 내려다보며 '몽마르뜨 언덕' 위에 넓은 터를 잡고, 터줏대감인 양 하얀 대리석으로 온몸을 치장하고 우뚝 서 있는 '사크레 쾨르 대성당'처럼 엄숙함마저 자아낸다.

차이점이라고 한다면 명동대성당 뒤쪽은 남산이 가려 있어 경복궁을 바라보며 전방 한쪽만 서울 시내를 볼 수 있다는 것.

그렇지만 임금님이 머무시는 경복궁을 내려다보고 있으니 어찌 보면 더욱 더 고귀한 존재로 보인다.

그런 이유로 풍수를 중요시한 조선 조정이 철거를 명하였었다.

그러나 프랑스 공사관의 적극적인 노력으로 이곳 높은 곳에 터를 잡게 되어 영욕의 우리 현대사를 위에서 굽어보며 유서 깊은 곳으로 남게 되었다.

프랑스인들은 보불전쟁에서 패배한 것이 자신들의 영적 타락에 따른 하늘의 무서운 징벌이라고 생각하여, 용서를 빌어 죄 사함을 받기 위해 파리에서 제일 높은 곳인 몽마르뜨 언덕에 대성당을 건축하게 되었다.

그 곳에서 파리를 내려다보면 에펠탑만이 그 형체를 뚜렷이 나타낼 뿐, 모든 구축물이 성당 아래에 있다.

이와 같지는 않지만 명동대성당도 천주교도들을 억압하고 탄압한 것도 모자라 무참하게 살상한 우리 민족의 잘못을 용서받기 위해 설립되었다.

이 땅에 하느님의 은총으로 평화를 기원하기 위해 프랑스인에 의해 명동에서 제일 높은 곳에 지어진 후 격동의 현대사 속에서 묵묵히 서울을 내려다보고 있다.

화해와 용서와 치유, 그리고 사랑.

명동성당 본당의 문 앞에 섰다.

순이야 천주교 신자인 엄마를 따라 몇 번 왔다지만 철이는 먼발치서 바라만 보았던 성당 문을 열고 처음으로 성당 안으로 들어간다.

밖에서만 보던 성당 문을 열고 들어가니 교회와는 전혀 다르게 마음이 차분해지면서 몸과 마음이 정결해지는 느낌을 받았다.

많은 이야기를 간직하고 있을 듯한 알록달록한 스테인드글라스는 화려함을 느끼기보다는 신비스러움으로 다가왔다.

높이 하늘을 향해 뚫린 원형의 천장 지붕에서 쏟아져 들어오는 햇살은 고딕식 성당 벽과 절묘한 조화를 이루어 성전 안이 엄숙함만이 지배하는 천상의 세계로 들어온 듯한 착각을 일으키

게 한다.

성당 안에서는 사진촬영도 할 수 없고 누구든 정숙해야 하기에 사람들로 북적였던 명동 거리와는 완전히 구분되는 다른 세상이 펼쳐지고 있었다.

이런 이유로 성당 정문 옆에 한 무리의 사람들이 모여 앉아 시위를 하고 있었지만 구호는 없이 '유신철폐'라는 커다란 현수막만 쳐 놓고 앉아 있었다.

시끄러움은 없었지만 머리에 빨간 띠를 두른 시위대가 정문 앞에 길게 도열한 경찰이 대치하고 있는 살벌한 바깥 분위기와 대비되어 문득 '천국과 지옥'이란 단어를 생각하게 했다.

빛은 성당 안으로 여러 선을 길게 그리며 파란 하늘이 보이는 높은 천장 꼭대기와 벽면을 화려하게 장식한 스테인드글라스로 쏟아져 들어와 신비함을 더했고, 성당 안은 숨소리도 멎은 듯 고요만이 지배하고 있다.

그 빛 중 주황색을 머금은 밝은 빛 한줄기가 앞쪽 의자에서 하얀 미사보를 쓰고 무슨 소원이 그리 많은지 한동안 진지하게 기도를 드리는 순이에게 비치면서, 라파엘이 그린 '성모마리아'의 모습을 눈앞에서 보고 있다는 착각이 들게 하였다.

그 순간 순이는 세계적 거장의 살아 있는 한 폭의 그림 속 주인공이었다.

기도를 마치고 다시 세상 속으로 나왔다.

긴 시간을 무슨 원수지간이 된 듯 성당을 사이에 두고 살벌하게 대치하고 있는 시위대와 경찰을 지나쳐, 휴일의 오후를 즐기려 밀려가고 밀려오는 인파에 섞여 명동의 중심지를 걷는다.

"순이야. 무슨 기도를 그렇게 진지하게 했니?"

잠시 머뭇거리며 시간이 흘렀다.

"응. 이 세상에 평화와 사랑을 달라고 기도했지."

"평화?"

"성당에 서 계신 경찰 아저씨들이나 시위하는 사람들에게 평화를 달라고 했고, 우리 봉화마을을 위해서도 기도했어."

그랬다.

올해 들어서 봉화마을 사람들에게는 심각한 고민이 생겼다.

그동안 '양성화된 무허가 가옥'이란 다소 어정쩡한 용어로 불린 마을의 가옥들에 대하여 구청에서 철거예정을 통보하면서, 조만간 주민들과 회의를 통하여 이주 대책을 결정할 것이라고 한다.

봉화마을이 없어지는 것이다.

오래전, 잠실 등 서울의 재개발 사업으로 별다른 대책 없이 돈 몇 푼 받고 이곳까지 떠밀려서 안착을 한 가구가 대부분이기에, 경험에 의해 대책이라는 것이 턱없이 부실하다는 것을 능히 짐작들 하고 있었다.

사정들이 이렇다 보니 대부분의 마을 사람들은 또다시 삶의 터전을 찾아 어디로 어떻게 떠나야 할지 걱정이 태산으로 다가와 있었다.

이도 저도 방법이 없다고 일찌감치 결론을 낸 주민들 일부는 죽을 각오로 이곳에서 한 발자국도 물러나지 말고 버티자고 했지만, 막강한 공권력과의 싸움은 상처만 받는다는 것을 익히 알고 있는 대다수의 주민들은 그저 정부가 최선의 대책만을 내 주기를 손 놓고 빌고 있었다.

이 막강한 유신정권은 약자에게는 더할 수 없이 강하니, 오직 전능하시고 자비로우신 사랑의 하느님에게 의지할 수밖에 없다는 순이의 마음이 이해가 갔다.

그런데 순이네는 이런 대책과 전혀 상관이 없었다.

순이네는 철이네보다는 한참 아래에 있었고 마당도 제일 넓고 기와집으로 멋지게 지은, 전혀 문제가 되지 않는 '허가 주택'이었다.

그렇다면 순이는 다른 주민들을 위해서라기보단 철이네 처지를 생각해서 그렇게 진지하게 기도를 드린 게 틀림없었다.

"순이야. 걱정하지 마."

"?"

"오빠가 우리 순이 마음 다 알아. 우리 집이 철거되어 거리로 쫓겨 날까 봐 그러지?"

역시 추측한 대로 고개를 끄덕인다.

"엄마가 그랬어, 오빠네가 걱정이 된다고, 여러 생각을 많이 하고 계셔."

순이 어머니가 너무나 고마웠다.

언제나 철이를 자식처럼 보살펴 주시고, 철없는 의협심에 마을 어린이들을 모아 가르치려고 할 때도 기꺼이 장소와 여러 가지 후원을 지원해 주신 분이다.

자신 있게 힘주어 말한다.

"순이야. 우리 집은 다 준비가 되어 있어."

"?"

"오빠가 은행원이잖아. 너 은행이라는 곳이 얼마나 좋은 직장인지 모르지?"

의아한 듯 쳐다본다.

"은행 월급도 한 달에 6만 원이 넘고 상여금도 자주 나오고 그래."

100만 원이면 방이 두 칸 정도 달린 집에서 살 수 있었다.

"상여금?"

"응. 월급 말고 최소 3달에 한 번은 일 잘한다고 상여금도 많이 줘."

"…"

"그래서, 우리 순이에게 오늘같이 맛있는 거 사 줄 수도 있고,

앞으로도 순이가 먹고 싶은 것은 다 사 줄 수 있어.”

순이의 표정이 금세 환하게 밝아졌다.

“그리고 은행에서는 직원이 주택구입이나 전세를 들어가면 무이자로 대출도 해 줘.”

어마어마한 이야기를 들었는지 순이의 눈이 마냥 커진다.

은행이라는 직장은, 철이네가 양성화 무허가 주택에서 거리낌 없이 나올 수 있는 ‘빈곤의 탈출구’를 제공한 것이다.

철이에게는 희망을 준 한 해였지만, 대한민국은 ‘유신’이라는 두 단어를 사이에 두고 권력자와 국민이 대치하면서 하루도 조용한 날이 없었다.

경제를 살린다는 명분으로 미국의 용병으로 참전하여 수많은 젊은 목숨을 앗아간 베트남 전쟁이, 월맹군이 사이공을 함락시키면서 끝이 났다.

몇 달 후에는 강대국의 이해관계에 밀려 대한민국의 UN 가입이 안전보장이사회에서 부결되어 남과 북의 적대국면은 더욱 심해졌다.

1인 독재체재의 항구적 정착을 위해 반공을 국시로 삼는 유신체제는, 민주주의의 가장 필수적인 기본권인 알 권리를 총으로 억눌렀다.

국민을 방송과 각종 홍보매체를 통해 ‘바보’로 개조시키면서, 한

반도를 이념이 다른 강대국들의 힘의 경연장으로 만들어 갔다.

이러한 전쟁공포를 조성하여 국민들에게 안보에 대한 경각심을 갖게 해서, 현 정권이 아니면 안 된다는 구실로 영구집권을 다지고자 거의 모든 국민이 참여하는 민방위대도 새롭게 발족되었다.

거리나 직장이나 동네 여기저기 유신홍보물이 붙여졌다.

'10월 유신 / 100억불 수출 / 1000불 소득 / 보람찬 내일'

。

쉘부르의 우산

"술 마시고 노래하고 춤을 춰 봐도-"
막걸리를 마시고 마이크를 잡고 춤을 추어도 채워지지 않는 허
전함이 남는다.
"가슴엔 하나 가득 슬픔뿐이네."
허전함의 원인이 외로움 그리움 아니면 슬픔이라고, 표현할 수
없는 그 무엇을 동반하면서 〈고래사냥〉을 애절하게 부른다.
"무엇을 할 것인가 둘러보아도, 보이는 건 모두가 돌아앉았네."
가슴 속에서 깊이 우러나오는 아직 겪어보지 못했던 새로운 감
정은 이 세상에서 오로지 혼자만 느끼고 있는 듯하다.
주변을 둘러보아도 모두가 돌아앉은 이방인으로 보였다.
"자, 떠나자. 동해바다로. 신화처럼 숨 쉬는 동해바다로."
자유가 속박된 새로운 미지의 세상으로 내일이면 떠나야 한다.
〈고래사냥〉은 3절까지 이어지며 젊음의 한을 담고 진한 여운을
남겼다.

철이의 온 감정이 묻어나는 열창이 끝나고, 곧이어 지호가 마이크를 잡고 '웃음 짓는 커다란 두 눈동자'로 시작되는 〈우리들의 이야기〉를 부른다.

땅거미가 무교동 술집 깊숙이 들어와 긴 그림자를 드리우며 어둠이 찾아왔다.

"철이 이등병을 위해, 건배!"

6개의 막걸리 잔이 가득 술을 품고 들어 올려진다.

"원 샷!"

철이 잔을 제외하고는 단숨에 바닥이 드러났다.

"컥, 컥…"

"너, 주인공이 왜 그래?"

여자들 3명도 원 샷을 했는데 부끄러운 마음에 얼굴이 빨개진 철이가 빨리 변명거리를 찾아낸다.

"나 노래에 감정을 너무 많이 실었나 봐. 목이 컬컬하고 그래. 용서해 주라?"

즉흥적인 답이 성공을 거두었다.

사실은 은행에 들어가고 나서는 이런 저런 이유로 회식자리가 잦았다.

그럴 때마다 한 번도 막걸리는 나온 적이 없었고, 맥주나 소위 양주라는 비싼 술에 장소도 이런 선술집이 아닌 칸막이가 쳐지고 밴드가 연주하는 구분된 룸에서 술을 했기 때문에 막걸리에 적응이 안 되어서였다.

신문팔이 소년이었던 철이가 술에 대하여는 친구들보다는 저 높은 곳에 신분상승이 되어 있었던 것이다.

"다음은 선물 증정식이 있겠습니다."

K대 경영학과 지호가 사회를 맡았다.

"야. 뭐, 선물? 군대 가는데 무슨 선물이 있냐? 갖고 들어가지도 못하는데."

"그렇지, 너 군대 처음 가니까 모르지. 알게 될 거야."

어이가 없다. 중학교 때부터 3총사라고 붙어 다녔고 군 입대는 철이가 처음인데.

"너 군대 언제 갔다 왔는데?"

힘주어 대답한다.

"꿈에!"

"뭐…"

하하하… 자리에 웃음이 터져 나왔다.

철이의 장도를 응원해 주기 위해 3명의 남자와 3명의 여학생이 모였다.

3명의 여학생은 영자, 순자, 옥자의 자칭 '자자 삼총사'로 불리는 E대 영문과 학생들이다.

영자와 순자는 지호와 정수가 작년에 단체 미팅 때 만나 아직까지 만남을 유지하고 있고, 옥자는 대한민국의 남아로서 첫 테이프를 끊는 철이를 응원하기 위해 친구들이 엄선을 하여 영광된 자리에 특별출연을 하게 되었다.

머리카락과 여성치마의 길이까지 간섭하는 숨 막히는 유신체제 아래서 살아가고 있지만 막걸리 한 잔에도 젊음을 맘껏 담아내는 그들의 청춘이 부러웠다.

날마다 정확한 출근과 정제된 말을 하면서 자그마한 실수도 용납이 안 되는 직장생활을 반복해야 하는 철이에게는 또 다른 세상을 사는 친구들이었다.

지호는 국가를 살려야 한다고 '유신철폐'를 외치며 다른 학교 대학생들과 명동에서 연합시위를 크게 벌이다가 경찰에 끌려가 며칠 전 훈방조치되었고, K대는 지금 무기한 휴교 중이다.

덕분에 시위에 참가 안 한 정수도 방학 아닌 방학을 맞고 있다.

철이만 하얀 와이셔츠에 양복을 입고 머리카락은 포마드를 바른 단정한 은행원이었기에, 외관상으로만 보면 '장발 청바지 포크송 막걸리'로 대표되는 청년문화와는 전혀 어울리지 않는 이방인이었다.

"철이 씨는 어디서 근무하세요?"

"예. 여기서 가까운 명동입구 앞 소공동 조선호텔 후문 미도파 백화점 방향입니다."

뱅커맨답게 또박또박 정확하게 말해 주었다.

"하하하…"

다시 터져 나오는 웃음.

"역시 대한민국 은행원은 다르네."

"?"

"그리고 너희, 뭐하는 거야?"

"…"

"우리 서로 친구하기로 해 놓고, 아주 둘이 잘 놀고 있네… 참."

"맞다 맞어, 우린 친구지. 알았어. 철이야, 맞지?"

고객 응대가 몸에 밴 철이는 쉽게 적응이 안 된다.

"아… 그래… 그래요. 우린 친구죠."

"야, 너 똑바로 해. 그렇게 비실거리면 군대 가서 '고문관' 된대."

꼭 제대군인처럼 말하는 지호.

이렇게 해서 6명의 젊은 청춘들은 친구가 되었다.

비록 연이은 긴급조치로 청춘의 끼를 마음껏 발산하지 못하고 경직된 삶을 살아가는 대학생들이지만 생각만큼은 젊음의 특권인 자유로움을 지닌 그들에게는, 철이가 한 구절 한 구절 내뱉는 말이 어색하게 들린 것이다.

찾아갈 일도 없을 텐데 그냥 '명동입구 앞'이라면 될 걸 너무 많은 단어를 사용하여 그간 몸에 밴 친절성을 보여준 것이 철이를 더욱 이방인으로 만들었다.

복장과 용모부터 어색했던 철이는 다소 기가 죽음을 숨길 수가 없었다.

다소 어색해진 분위기를 오늘 특별출연하여 철이에게 질문을
던졌던 옥자가 '결자해지'한다.

지호를 영자 쪽으로 밀어 넣고 철이 곁으로 바짝 다가와 몸을
밀착시키며 얼굴에 웃음을 잔뜩 머금고 잔을 든다.
"미래의 은행장님. 나랑 한잔 하자?"
순간적으로 얼떨결에 러브샷이 이루어졌다.
다시 쏟아지는 열화와 같은 박수 소리.
너무 큰 박수 소리가 시끄러웠던 선술집 분위기를 평정하며 그
곳에 있는 모든 사람들의 고개를 한곳으로 돌리게 했다.
"제 친구가 내일 군대 갑니다!"
지호가 한 곳으로 집중된 뭇 사람들에게 소리쳤다.
"여러분 술잔을 들어서 축하해 주시죠?"
주점이 떠나갈 듯 다시 터져 나오는 우렁찬 박수 소리.
그리고 누구나 할 것 없이 잔을 채운다.
옥자가 더욱 가까이 다가와 성숙한 여인의 온기가 느껴진다.
곧이어 통기타 연주자는 〈고래사냥〉을 다시 부르며 분위기를
맞춰주었고, 모두다 잔들을 높이 들어 건배를 했다.

양복 입은 은행원이 멋진 '입영전야'를 치르면서 젊음의 단절
을 의미하는 3년이라는 긴 시간이 그렇게 시작될 준비를 하고

있었다.

"야. 우리 명동으로 가자!"

열렬한 호응의 박수를 받으며 선술집을 나서서 짝을 맞춘 6명의 젊음은 어두움이 늦게 찾아온 6월의 거리를 걷는다. 작년에 완공되어 서울의 랜드마크가 된 남산타워가 반짝반짝 빛을 발하며 높이와 위용을 뽐내고 있고, 명동 입구에 다가갈수록 점점 많아지는 인파는 수도 서울의 중심지가 명동임을 새삼 알려준다.

유네스코회관을 지나 명동성당을 바라보며 걷다 국립극장에서 오른쪽으로 방향을 잡았다.

수제구두의 명품 케리부룩과 패션들이 쇼윈도를 화려하게 꾸미고 있는 맞춤옷집들을 지나, 통기타 가수들이 연주하는 사진들이 벽을 장식한 계단을 걸어 건물 2층으로 올라간다.

"Non je ne pourrai jamais vivre sans toi. Restes pres de moi reviens, je t'en supplie. j'ai besoin de toi. je peux vivre pour toi. Oh mon amour, ne me quitte pas.

당신 없인 살 수 없어요. 내 곁에 있어 달라고 애원할게요. 내
사랑이여 날 떠나지 마요."

– 쉘부르의 우산

카트린 드뇌브가 분장한 우산 가게 종업원 '주느비에브'가 부른 노래가
은은히 흘러나오는 카페의 문을 밀치고 들어선다.
군대를 가는 남자친구와의 사랑을 멈춰야 하는 여주인공.
어쩔 수 없이 받아들여야만 하는 이별의 아픔을 노래로 표현하는 금
발머리 아가씨의 슬픈 마음이 절로 느껴지는 음악을 들으며 자리에
앉았다.
이곳 카페의 이름은 영화의 주제가 속 이름 중 '우산'을 빼고 프랑스
북서부 노르망디의 작은 낯선 항구도시 이름만 붙였다.
예술과 문화의 나라라 불리어지는 프랑스의 낭만적인 음악 속에서, 그
윽한 담배연기가 특유의 멜랑콜리한 분위기를 만들고 있다.

'쉘부르'.
한밤중 라디오 다이얼을 고정하고 들었던 '별이 빛나는 밤에'에
서 편지사연을 소개하며 음악을 틀어주면서 유신체제에서 자유
를 갈망하는 청춘들에게 위안과 위로를 주는 디스크자키의 낯
익은 목소리가 흘러나온다.
우리나라 디스크자키의 대부라 칭하는 DJ가, 정면 음악박스 안

에 앉아 묵직한 목소리로 진행을 하며 신청음악을 받고 있다.

"오늘은 철수를 위해 내가 전부 쏜다."

말수가 적은 정수가 공언을 한다.

이곳은 보통 대학생들이 정말 맘에 드는 여학생이 있을 때, 가진 용돈을 다 지출해야 올 수 있는 곳인데 너무 무리를 하는 듯.

미안한 맘이 들어 철이가 나섰다.

"아니야. 대학생이 무슨 돈이 있겠니. 돈 잘 버는 내가 낸다."

"아니야. 내가 낼게."

이 와중에 지호도 거든다.

"너희들 왜 그러니. 나한테 물어보지도 않고. 내가 쏜다."

서로 내려고 물러날 기미가 없자 '자자 3총사'가 나섰다.

"야. 그러면 너희들 내기하면 되잖아!"

조용~

"이렇게 해. 내가 사다리를 그릴 테니 잠시만 있어."

영자가 서둘러 종이에 사다리를 그리고, 각자가 한 개씩 꼭짓점을 선택한다.

6명이 숨을 죽이고 영자의 손끝을 쳐다본다.

드디어 결과가 나왔다.

"영광스럽게도 지호가 당첨!"

"와~"

돈 받는 게 아니고 돈을 내야 하는 건데 지호가 손을 번쩍 들고 환호한다.

가벼운 박수가 터져 나왔다.

철수가 다소 엄숙한 표정으로 자리에서 일어나 양복 안주머니에서 제법 두툼한 부피의 하얀 봉투를 꺼내어서 책상에 놓았다.

"나 오늘 군대 간다고 직장에서 이렇게 위로금을 받았어."

모두의 시선이 봉투가 놓인 책상으로 향했다.

"그러니까, 군말 말고 아무 부담 갖지 말고 내가 쓸 테니까 돈 없는 대학생들은 잠시 참아주길 바란다."

단호한 명령조로 예비 군인이 군대식으로 말한다.

지호와 정수는 순간 얼음이 되었다.

사실 학생 신분에 용돈을 다 털어야 했기에 부담은 되었지만, 멀고 긴 시간 안 가 본 길을 떠나는 친구에게 무엇이든 해 주고 싶었던 진솔한 마음뿐이었다.

"그리고, 내가 휴가 나올 때에도 너희가 돈 벌 때까지는 돈 쓸 생각 말어. 난 군대에 가도 은행에서 수당을 뺀 기본급여는 지금처럼 매월 주니까 내가 쓴다."

기본급여라고 해도 일반 회사의 통상 월급과 맞먹는 수준이다.

휴가 나와서도 친구들에게 부담이 갈까봐 배려를 해 주는 철이의 사려 깊은 마음에 5명의 동지들은 크나큰 감동을 받았다.

다들 대학생인 가운데 홀로 직장인인 철이에게 존경의 눈빛이 쏟아진다.

병맥주와 멕시칸사라다를 주문했다.

돌아가는 레코드판에서 흘러나오는 감미로운 음악 〈쉘부르의 우산〉이 끝나고, 곧이어 귀에 익은 DJ의 다감한 음성이 마이크를 타고 4모퉁이에 설치된 성능 좋은 외국산 스피커의 소리막을 울린다.
"대한남아의 멋진 사연을 소개해 드립니다."
단어에 악센트를 준 '멋진'이란 말에 일순간 카페가 고요해진다.

"내일이면 열차타고 군대가는 내친구야
너와같이 즐거웠던 지난날이 꿈이련가
무심하게 가고있는 이시간이 애달파서
보고보고 또보아도 보고싶을 내친구야

쓸어안은 가슴속은 눈물없인 못보지만
가야하는 길이라면 미련없이 가거더라
이제다시 시작이다 우리들의 젊은날이
별빛소리 조용할 때 군사우편 보내다오.

소중한 우리의 벗 철이야.
너를 보내는 아쉬운 마음을 어떤 말로 표현할 수 있겠니?

그저 너에게 우리가 하고 싶은 말은 부디
밥 잘 먹고, 잘 자고, 아프지 말거라.
너무 힘들 때는 노래를 불러라.
커다랗게 숨 쉬기 위해 먼 바다를 헤엄쳐 온 고래를 생각하며
오늘 네가 불렀던 〈고래사냥〉을 부르며 우리를 기억해 다오.
멋지신 DJ님께,
다시는 오지 않을 우리의 젊음을 위해 〈고래사냥〉을 신청합
니다."

여기저기서 격려의 박수가 터져 나오고 철이가 일어나서 인사
를 하였다.
DJ가 선뜻 신청을 받아주었다.
"다음 곡은 〈고래사냥〉으로 합니다."
그리고 더하여 커다란 선물을 선사한다.
"마침 이 노래를 부른 송창식 씨가 다음 무대를 준비 중입니다.
자 여러분, 우리 큰 박수로 〈고래사냥〉의 작곡자 송창식 씨를
맞이합시다."
아무도 예상하지 못한 우연에 모두가 놀랐다.
우레와 같은 박수를 받으며 걸어 나오더니 중앙의자에 앉아 살
포시 눈을 감는다. 곧이어 가볍게 인사를 한 후 기타 줄에 손을
얹고 젊은이라면 누구나 애창하는 노래 〈고래사냥〉의 연주에

들어간다.

연주의 시작부터 누군가가 먼저라 할 것도 없이 통기타 반주에 맞춰 모두가 노래를 따라 불렀다. 일순간 '쉘부르'는 젊음이라는 불길이 거침없이 훨훨 타오르는 거대한 용광로가 되었다.

젊음의 자유와 낭만을 추구할 여유로움까지 억압하는 유신독재는, 미래의 불확실성에서 방황하는 청춘의 한을 가득 담고 녹아나고 있었다.

"자 떠나자 고래 잡으러, 신화처럼 숨 쉬는 고래 잡으러—"

한순간의 사랑의 감미로움이 젊음의 고통을 안겨 주었던 프랑스 영화 〈쉘부르의 우산〉이, 사랑과 해학, 미래에 대한 불확실성을 껴안고 이 곳 쉘부르에서 고래에게 실려 신화가 되어 갔다.

철이의 눈에 감격의 눈물이 흐른다.

○

육군 제3하사관학교

초여름의 시작을 알리는 햇살이 대지를 서서히 달구는 6월 말.
넓은 운동장.

열을 맞춰 정렬해서 간단한 제식훈련을 배우고 훈시를 들은 후
정문을 나와 군용열차가 기다리는 역을 향해 걸어간다.
어제 감격의 입영전야를 보냈지만 채워지지 않은 아쉬움이
있다.
자꾸 주변을 둘러보게 된다.
'혹시나?'
이 마음은 무얼까?
입영통지서를 받은 후, 은행 일도 바쁘고 저녁에는 전별식 자
리에 여기저기 불려 다니느라 시간의 여유가 없었다.
순이도 대학 시험 때문에 중요한 시기이기에 지금은 마음에 여유
가 없을 것 같아서, 그동안 만남의 시간을 제대로 갖지 못했다.

그렇지만 어제는 어떻게든 만나 많은 이야기를 하려했는데 입영전야제가 너무 늦게 끝나 통행금지 시간이 다 되어서 집에 들어와 그럴 수가 없었고, 새벽별을 보고 부리나케 나오느라 순이 얼굴조차도 못 봤다.

지금 못 보면 3년 군대 생활 중에서 그래도 1년은 지나야 볼 수 있을 거라 생각하니 1년이 백 년처럼 너무 길게 느껴져 강한 아쉬움이 남는다.

이루어지지 않을 거라 뻔히 생각하지만 무의식적으로 고개를 두리번거리게 만든다.

'우리 순이가 보고 싶다.'

그리움이 가슴을 차고 오른다.

강한 바람은 기적을 만드는 것일까?

열을 맞춰 행군하다 헌병들이 도열해 있는 역사 앞에 거의 다 다랐을 때에 첫 단어만 들어도 누군가 알 수 있는 목소리가 들렸다.

"철이 오빠!"

사람들을 밀치고 들어온 순이가 철이의 손을 덥석 잡더니 수줍은 듯 작은 편지를 건네며 물기 머금은 눈망울로 말을 했다.

"오빠. 밥 잘 먹어. 편지 하고."

기적 같은 만남에 온몸에 불꽃이 튀었다.

그러나 다정한 말 한마디 못하고 뒤돌아 볼 여유도 없이 줄지어

오는 열에 밀려 역사 안으로 밀려들어 갔다.

잠시 후. 군용열차는 헌병들의 철저한 호위 속에서 기적을 울리며 출발한다.

'칙칙폭폭…'

진실을 알아내고 가슴속 쏟아지는 눈물을 마음으로 담고, 뻥 뚫린 가슴에 펼치지 않은 하얀 편지를 끌어안고서 사랑 노래를 보낸다.

역에서 멀어질수록 차창가에 순이의 얼굴이 점점 가까이 다가온다.

순이의 깊은 맘, 하고 싶은 말 적어내어 수줍게 건네준 편지를, 가슴 속 뛰는 심장에 꼭 끌어안았다.

소리 없는 눈물이 뺨을 타고 흐른다.

'눈물 젖은 편지'.

군용열차는 남으로 남으로 달려, 해가 서쪽으로 넘어가 어둠이 밀려올 무렵 기적을 울리며 '육군 논산훈련소'에 도착했다.

각 구대로 편성되어, 입고 온 옷과 가지고 온 소지품을 모두 반납하고 옷부터 용품 하나하나까지 훈련용으로 지급받고 늦게 잠자리에 들었다.

다음날.

입대 전 신체검사에서 우수한 성적으로 1급 판정을 받았는데,

이곳저곳을 다니며 다시 신체검사를 받았다.

모든 것이 구령에 의해 일사불란하게 움직이면서 또 하루가 가고 꿈나라에 있을 때 '기상!' 구령이 크게 귀를 때린다.

한 막사에 50명이 넘는 신병들이 그간 군기가 들었다고 반사적으로 벌떡 일어난다.

몇 명의 이름이 불렸다.

곧이어 명령이 떨어진다.

"자기 보급품을 모두 따블백에 넣고 10분 이내로 연병장에 집합!"

철이도 몇 명 중에 이름이 불렸다.

선택되었다고 생각하니 기분이 너무 좋았다.

'좋은 곳으로 가나 보네?'

며칠간 힘들었던 피로도 멀리 사라졌다.

하기야 먼저 입대한 고교 친구들은 상고 졸업한 은행원 출신이라고, 사령부나 사단본부로 가서 상대적으로 보직이 편한 행정병이나 군수병으로 군생활을 하고 있었다.

철이도 당연히 이렇게 좋은 곳으로 뽑혀가는구나 하고 지레 짐작을 했다.

또 다시 서울로 가는 군용열차에 올랐다.

이틀 전엔 빈손으로 서울에서 내려왔지만 이번에는 커다란 따블백에 보급품을 가득 담고 산타클로스처럼 어깨에 메고 열차 칸에 들어선다.

그때까지만 해도 생각의 여유가 있어서, 다시 올라갈 것을 왜 내려와서 시간을 낭비하는지 군의 행정처리가 문제라고 속으로 점잖게 지적을 하고 있었다.

서울로 향하는 기차의 기적소리마저 마냥 정겹게 들리며 며칠간의 긴장 속에서 잠자고 있던 감성을 깨운다.

'서울 근처 좋은 부대로 배치되는구나.'

'서울이 가까우니 먼저 입대한 친구들처럼 외출도 자주 나오겠지.'

'아쉽게 작별한 우리 순이를 생각보다 빠른 시일에 다시 볼 수 있겠구나.'

기분 좋은 생각들이 꼬리를 물고 얼굴에 미소를 짓게 했다.

아무것도 모르는 훈련병 주제에 이뿐이 곱분이 모두 나와 반겨줄 고향 열차를 상상하면서 딱딱한 군용열차 의자를 포근한 소파로 생각하며 살포시 눈을 감았다.

군용열차는 꿈속을 달려 낯익은 용산역의 한쪽 편에 커다랗게 자리 잡고 있는 '용사의 집'에 도착했다.

서울에 살면서 꽤나 크게 지어져 있는 '용사의 집'을 보면서 용사의 집은 어떤 용감한 병사들이 머무는 곳일까 하던 의혹이 풀렸다.

바로 철이처럼 선택된 군인들이 머무는 곳이었다.

열차에 가득 싣고 온 병력을 다시 구분하여 분류하고 이른 저녁

식사 후 일찍 잠자리에 들게 한다.

구령으로 시작해 구령으로 끝나는, 모든 것이 180도 바뀐 상황에서 셋째 날의 밤은 곤한 잠을 자며 지나갔다.

한참 꿈속을 거닐 때 다시 커다란 구령 소리에 잠을 깼다.

아직 캄캄한 한밤중.

또 다시 10분 안에 보급품을 따블백에 넣고 열을 맞춰 군용열차에 오른다.

캄캄한 밤에 어둠을 뚫고 달리는 기차.

'서울에서 또 어디로 기차를 타고 가는 거지?'

내려갔다 다시 왔는데 또 미지의 세계로 기차를 타고 가니 불안감이 서서히 밀려와 점차 공포심으로 변해간다.

그렇게 군용열차는 속절없이 달려 여명이 뜰 무렵 가평역에 도착했다.

'앗! 여기는…'

다른 세상이었다.

허름하고 작은 역에 하얀 모자의 헌병들이 집총을 하고 도열해 있고 군데군데 빨간 모자를 쓴 날카로운 눈빛을 가진 날렵한 군인들의 모습이 여기저기 눈에 띄었다.

한적한 시골 가평역에 살벌한 공포의 분위기가 짙게 깔리고 있었다.

갑자기 본능적으로 몸에 소름이 돋는다.

곧이어 하사 계급장을 단 군인이 올라온다.

가운데에 독수리가 날갯짓을 하는 빨간 모자를 쓰고 기다란 지휘봉을 잡고 있다.

양손을 허리에 대고 꼿꼿이 선 채로 독수리의 눈을 뜨고 구령을 발한다.

"내려!"

그간 들었던 '10분 이내로 집합!' 이런 시간 개념이 있는 구령이 아니었다.

어디로 어떻게 내려야 하는지 당황하는 신병들.

바로 들리는 천둥 같은 소리.

"동작 봐라!"

지휘봉으로 앞에서부터 사정없이 등을 때리며 다가온다.

순간 거짓말처럼 빠른 행동으로 신병들이 양쪽 열차 문으로 순식간에 빠져나갔다.

태어나서 첫발을 내디딘 가평역은 아직도 어둠에서 깨어나지 않고 있고, 역 앞에는 도열해 있는 신병들 주변에 총을 든 군인들이 울타리를 쳤다.

갑자기 군기가 바짝 든 신병들이 신속히 열과 오를 맞추었다.

중위 계급장을 단 구대장이 임시 설치된 단상에 올랐다.

무슨 소리를 했는데 얼이 빠진 신병들에게는 잘 들리지 않았고,

곧이어 무거운 따블백을 어깨에 짊어지고 행군이 시작되었다.

100여 명의 신병들과 빨간 모자와 여타 군인들의 합계가 비슷하다.

행군이 시작되자 이제야 여명의 아침이 서서히 밝아오고 있다.

논산훈련소에서 배운 군가를 씩씩하게 부르면서 아침을 깨우며 대오를 맞춰 걷고 있는데 고개를 앞에 두고 구령이 떨어졌다.

"동작 그만!"

구령 소리가 끝나자마자 절도 있게 행군이 멈췄다.

"놀러 왔나? 소리가 적다!"

나름대론 아침도 안 먹고 온 힘을 다해 크게 부르고 있는데 작다고 한다.

"군기가 빠졌어!"

모든 신경을 집중하고 있는 신병들에게 군기가 빠졌다고 바로 떨어지는 구령.

"앞으로 취침!"

앞으로 몸을 던졌다.

"뒤로 취침!"

무거운 따블백을 놓치면 사형감이기에 꼭 붙들고 껴안고서 구령에 맞추려니 너무 힘이 든다.

"좌로 굴러!"

"우로 굴러!"

따블백에서 나는 소리와 신음소리에 순간 아수라장이 된다.

동작이 느리거나 안 맞으면 거침없이 발길질이 몸을 때리고, 소리가 작으면 지휘봉이 커다란 회초리가 되어 등짝을 사정없이 후려친다.

몸은 초여름의 시골 고갯길을 뒹구느라 하얀 석탄을 뒤집어쓴 광부의 모습으로 변하고, 땀은 비 오듯 온몸을 적신다.

'세상에 이런 곳도 있나?'

잠시 생각할 겨를도 없이 계속되는 고난의 행군.

"오리걸음 앞으로!"

"철모에 머리 박아!"

이 밖에 '기어가기', '누워가기', '철모에 배 박기', '구르기' 등…

난생 처음 들어보는 구령에 따라 기합을 받으면서 고갯길을 오른다.

여기저기 들리는 것은 맞고 울부짖는 아비규환의 신음소리뿐.

그 순간.

여기는 사람 사는 곳이 아니었다.

'지옥이 이런 곳일까?'

끝나지 않을 것 같은 '눈물고개' 행군은 그렇게 계속되었다.

파죽음이 되어 그저 살아 있다는 것만이 신기한 순간.

'살아 있는 것이 살아 있는 것이 아니었다.'

오르면 구르고 다시 기어오르고 지옥의 행군은 끝날 기약이 없었다.

햇님이 서쪽으로 한참 넘어가고 있을 때,

배고프고 지치고 탈진한 상태에서 온몸을 흙과 땀으로 범벅을 한 신병들이 '육군 제3하사관학교' 정문을 들어선다.

그 후 6개월간.

경기 제일봉 화악산을 필두로 석룡산, 강씨봉, 명지산, 축령산, 운악산 일대를 헤집고 다니면서, 여름에도 차가운 조무락 골에서 발원된 가평천에 몸을 적셨다.

일주일에 한 번은 완전군장에 12km를 구보로 달리는, 항상 배고팠던 '지옥훈련'이 시작되었다.

'별을 보고 시작되는 하사관 후보생 시절

호통 치는 구대장님의 선착순 구보에

언제나 졸업하여 집에를 가나

그리운 짝순이에게로

편지야 자리 자리 가거라'

책이 손에 잡히지 않는다.

철이 오빠가 입영통지서를 받고 앞으로 3년간 헤어져 있어야 한다는 사실이 실감이 안 되었는데, 막상 입영 날짜가 다가오니 공부에 집중을 할 수가 없었다.

항상 바로 곁에 오빠가 있다고 생각했는데 아직 홀로서기 준비가 안 되어 있었다.

어릴 때처럼 손잡고 자주 산을 오르지는 않지만 오빠하고 같은 마을에 산다는 것 자체가 위안이고 의지였다.

그러나 누구나 한번쯤은 겪어야 할 일.

마음을 크게 먹고 입대하는 날까지 오빠를 편하게 해주고 싶어, 며칠간은 소중한 시간을 빼앗아 투정을 부리고 싶지가 않아 보고 싶어도 참고 지냈다.

그래도 '입영 전날에는 볼 수 있겠지' 하고 늦게까지 집에서 기다리다 잠이 들었었다.

철이 오빠를 이대로 그냥 보낼 수가 없었다.

아침에 눈을 뜨자마자 부리나케 버스를 바꿔 타면서 막 떠나려는 군용열차를 타러 가는 오빠를 극적으로 만났다.

여지껏 그런 우울하고 외로운 표정은 처음 보았다.

언제나 순이에게는 강하고 듬직한 오빠였는데 처음으로 약한 모습을 보여준다. 손을 잡으니 오빠의 눈에 금세 눈물방울이 맺히는 것을 느꼈다.

나한테 큰소리는 쳤지만, 막상 군용열차를 타고 입대를 하려니 두려움 때문에 약해진 것 같아 마음이 너무 아파 자신도 모르게 눈물이 났다.

전쟁 포로처럼 역으로 끌려가는 듯한 모습으로 오빠는 사라졌고, 그 쓸쓸한 모습이 아직까지 눈에 선명히 맺혀있다.

십자가 앞에 서서 두 손을 모은다.

"우리 인간의 삶을 섭리하시며 보살펴 주시는 아버지 하느님.

당신의 크고 넓으신 사랑에 감사드리며 기도드리오니,

군용열차를 타고 떠난 철이 오빠로 하여금

절대 약한 마음 갖지 않고 어떠한 어려움도 극복할 수 있게

하느님의 한없는 은총을 내려 주소서.

또한 이 시련을 통하여

전능하신 하느님의 은총을 깊이 깨닫는 기회가 되게 하여 주소서.

부디

훈련소에 들어갈 때

하느님이 함께 계신다는 굳은 신념을 가지고 훈련에 임하게 하시며,

아무리 고된 훈련이라도 이 모든 고난이

하느님의 자녀를 강하게 양육하기 위한 것이라는 사실을 깨닫게 하소서.

사랑의 원천이신 하느님 아버지.

철이 오빠의 마음을 지혜롭게 비추어 주시고

어떠한 상황에도 강한 마음을 주시어

성령의 도우심으로

훈련을 무사히 마치고 밝은 얼굴로 볼 수 있게 축복하여 주소서.

우리 주 그리스도를 통하여 비나이다. 아멘."

순이의 간절한 기도가 시작되었다.

°
사라지는 봉화마을

"철이 어머니, 어디로 가세요?"
"잠실 쪽으로 가려고 합니다."
"여기선 너무 멀어서… 뵙기가 힘들겠네요."
무척이나 아쉬운 마음이 얼굴에 묻어난다.
"아니에요. 제가 자주 찾아뵙도록 해야죠."
"그래도 너무 멀어서…"
철이를 자식처럼 생각하며 챙겨 주는 순이 어머니에게는 언제
나 고맙고 송구스럽고 미안한 마음뿐이었는데, 무엇 하나 제대
로 보답도 못하고 헤어지게 되니 마음이 편치가 않았다.
"철이는 군 생활 잘하고 있죠?"
"예. 지난주에 막내와 같이 면회 갔다 왔어요."
"저도 언제 한 번 가야 할 텐데…"
"그곳이 민간인들이 못 들어가는 곳이라서 절차도 복잡하고 가
는 길이 만만치가 않아요. 다음 달에 휴가 나온다고 하네요."

111

철이가 군에 간 지도 벌써 한 해가 다 되어 간다.

순이는 고3이 되니 대학입시에 여념이 없고, 봉화마을은 전쟁 중에 피난길을 떠나듯이 여기저기서 이삿짐을 싸느라고 온 마을이 어수선하고 분주하다.

봉화마을의 이주가 시작되었다.

대상은 '양성화된 무허가주택'.

순이네 집에서 좀 더 올라 공동수도가 있는 커다란 느티나무 위쪽 가옥들이 전부 철거대상이 되었다.

구청에서 날아온 이주명령서에 기재된 이주기한이 가까워지니, 어림잡아도 100여 채가 넘는 집들이 살림살이를 싸느라 여념이 없다.

"어디로 가세요?"

"…"

"저도 막막합니다."

"월곡동 쪽 달동네로 가려고 집을 봐 놨는데 너무 작아서 걱정이네요."

"저도 미아리고개 너머 의정부로 가려는데 이사 비용이 만만치가 않아요."

요즘 주민들이 만나면 주고받는 대화들이다.

달동네에서 다시 달동네로 떠나는 주민들이 대다수.

정부의 '치산녹화 10개년계획'의 1년차.

30년 동안 1백억 그루의 나무를 심어 국토의 65%를 산림으로 조성하는, 세계적으로 유례를 찾기 힘든 국토계획 사업이, 민간인들의 자발적 협조와 정부의 야심찬 '산림기본계획'에 의거 추진되고 있었다.

그간 산에 나무를 베어 땔감으로 쓰느라 민둥산이 된 붉은 산들이, '아까시', '리기다소나무', '상수리나무' 등 경제성은 적지만 자생력이 강한 나무들로 점차 채워졌고 새마을운동과 병행하여 나라 곳곳에서 시방사업 조림사업으로 모든 국민들이 참여하는 국가적 행사가 된 것이다.

이러한 국가적 행사를 봉화마을도 비켜갈 수 없었다.

'양성화된 무허가주택'은 그간 '양성화'라는 타이틀을 달고 안산에 터를 잡고 살아갔지만 그 접두어가 없어지니 당연히 철거대상이 되었다.

별다른 정부의 서민주거대책 없이 이사비용 몇 푼 받고 어디든 각자가 알아서 이주를 해야만 했다.

거의 다가 말죽거리로 대변되는 강남과 잠실 등 서울의 재개발 지역에서 살다가 떠밀려 와서 산 중턱에 '달동네'라는 신조어를 만들고 살아가는 주민들이 대부분이었기에, 그저 싼 곳을 찾아 서울의 외곽이나 다른 달동네를 찾아 가야만 하는, 절박한 현실이 다시 되풀이된 것이다.

유신체제 하에서 정책 시행은 공권력의 강력한 뒷받침이 있어, 이사 기한을 못 맞추면 바로 강제철거를 당하기에 어떻게 하든지 기한을 맞추어야 했다.

돈도 안 될 것같이 보이는 가재도구들을 가득 챙겨 줄줄이 아이들을 데리고 이사를 가는 풍경이 매일 이어졌다.

봉화마을은 철이의 상록수의 흔적을 지우고 기억의 저편, 피안의 언덕으로 점차 사라지고 있었다.

또 다른 '달동네'를 찾아서…

°

잠실

가슴 왼쪽 편에 '민정경찰' 표식과 어깨에 단 푸른 견장이 빛나는 군복을 입고 모자에는 하사계급장을 단 철이가 첫 휴가를 나왔다.

최전방 GOP를 나와 몇 번에 걸쳐 버스를 갈아타고 아파트 동마다 표시된 동번호를 올려다보며 두리번거리면서 '잠실시영아파트' 단지로 들어간다.

70년대 들어서 연이은 석유파동으로 물가가 천정부지로 뛰고 여기저기서 장사가 안 된다고 아우성인 불황의 늪이 쉽게 가시지 않았다.

정부는 심각한 불황의 난관을 헤쳐 나가기 위해 30년대 미국의 루즈벨트 대통령이 대공황을 극복하기 위해 추진했던 '뉴딜정책'을 본따 대대적인 건설경기 활성화 대책을 마련했다.

서울지하철 1호선이 개통되고 전국의 도로, 철도, 항만 등 토

목공사와 병행하여 서울에도 대규모의 아파트건설이 붐을 이루었다.

어디를 가든지 서울은 '공사중'이었다.

불황을 헤쳐 나가기 위해 일자리를 창출하고, 위축되어 있는 국민들의 소비심리를 늘리는 정책 중 가장 손쉽고 짧은 기간에 효과를 내는 방편이 건설부문이기에 정부는 아파트 건설도 유신 식으로 밀어붙였다.

우선 서울에선 뽕나무밭이 널려 있는 잠실이 대상이 되었다.

서울시가 한강변 잠실 주변의 땅 수백만 평을 사들여서 흙으로 매립하여 주택단지를 조성하였다.

그 후 대한주택공사 등 공기업과 여타 건설회사에 매각하고 일부는 직접 서울시가 시공을 하여 '시영아파트'라고 명명하고 민간에게 분양을 했다.

철이가 은행에 취직을 하자 어머니도 돈 벌러 바깥 일을 안 나가도 저축을 할 수 있게 되었고, 집을 구입하게 되면 은행에서 싼 이자로 대출도 해주는 복지제도가 있어서 시영아파트로 이사 오는 데는 무리가 없었다.

군대에 가 있어도 매월 절반 가까이 나오는 급여는 막내 학비와 생활을 하는 데 충분한 금액이었다.

또한 누나도 청계천 평화시장 3층 피복 공장에서 근무하며 수

년간 재봉틀과 같이 일한 덕에 '시다'에서 재봉공으로 직급도 오르고 수입도 많아졌기에 철이네는 절대빈곤에서 탈피하게 되었다.

대부분의 봉화마을 사람들이 다시 달동네를 찾아 정처 없이 떠날 때, 철이네만 그곳 사람들의 선망의 대상인 아파트라는 쾌적한 주거지로 옮기게 되어 괜스레 미안하고 죄스러운 생각이 들어 이사 가는 곳을 정확히 밝히지 않고 짐을 쌌다.

물론, 순이 어머니하고는 이주 계획을 세울 때부터 같이 머리를 맞대고 이것저것 의논을 하고 결정을 내렸지만.

과거에 왕실에서 비단을 얻기 위해 봄가을에 누에를 쳐서 누에가 토해내는 실을 짜기 위해 누에를 치는 방인 '잠실'을 만들었고 뽕나무를 재배하던 넓은 밭이었다.

누에는 뽕잎을 먹고 살기에 봄과 가을에 움터 나오는 뽕나무 때문에 누에치기도 봄과 가을로 나누어서 '춘잠'과 '추잠'으로 불리며 '양잠'을 하였다.

한강변 보잘것없는 땅을 골라 나라에서 뽕나무를 심고 누에를 쳐서 실을 뽑아 승정원에 바치던 넓고 넓은 잠실 벌판이, 뽕나무는 흔적도 없이 사라지고 그 넓은 땅을 흙으로 메꾸어 서울로 편입하면서 여기저기 대단지 아파트를 건설하여 수 없는 사람들을 잠실로 불러들이면서 수도 서울의 거대 주거지로 탈바꿈하고 있었다.

그야말로 '상전벽해(桑田碧海)'.

숙명같이 영원히 계속될 것 같았던 순이네와의 한마을에서의
삶이, 철이네가 잠실에 신축한 아파트를 찾아 서울의 동쪽 끝
자락으로 떨어져 나가면서 철이의 '잠실시대'가 시작되었다.

지하철을 타고 성내역에서 내리자마자 바로 펼쳐지는 규격화된
성냥갑 같은 아파트단지가, 낯선 이국땅에 내린 것 같은 착각
을 들게 한다.

한 동 한 동, 위에 새겨진 동표시를 따라 두리번두리번 고개를
피곤하게 만들며 번호를 찾다가 드디어 맞는 번호에 도착했다.

하얀 콘크리트로 마감 처리된 벽 가운데 철로 된 문이 버티고
있는 현관 양쪽의 화단에는, 아직 꽃이 자라지 않아 밋밋한 텃
밭이 있고 4층까지 올라가는 시멘트계단은 예전 봉화마을 오름
길보다도 경사도가 가파르다.

봉화마을을 오를 때는 힘은 들지만 계곡에 흐르는 물소리도 들
을 수 있었고, 간혹 들리는 새소리도 즐거웠고 길가에 화사하
게 피어 있는 작은 야생화도 정겨웠었다.

수돗가 커다란 느티나무는 마을의 수문장 역할을 하면서 반겨
주었고 오르며 바라보는 안산도 항상 미소 지으며 다정하게 품
어주었다.

그러나 이곳은, 시멘트 내음만 가득한 수용소 같다는 느낌에

첫 휴가를 받아 그리운 집에 왔다는 느낌을 반감시켰다.

전방 GOP에 있는 쌍용OP보다도 개수가 많은 계단을 올라 초인종을 눌렀다.

。

충무로

다음날.

거의 1년 만에 기상점호 없이 6시가 훌쩍 넘어 시계바늘이 8시
에 가까워질 때까지 꿈도 안 꾸고 곤한 잠을 잤다.

일어나는 즉시 일정에 맞춰 미리 정해진 일들을 할 필요가 없
으니 다른 세상에 들어온 듯 온몸의 기관들이 움직임을 멈추었
다.

몸도 생각도 맘껏 느슨하게 제 할 일을 안 하고 철이의 휴가를
즐기고 있다.

간만에 가져보는 삶의 여유.

살아 있음에 갖게 되는 행복.

고된 삶을 살았던 자만이 느낄 수 있는 생의 기쁨.

이러한 긍정적인 감정을 모두 가져다주는 것.

그것은?

'휴가'였다.

"빨리 나와!"

아예 명령조다.

"어디로?"

"어디는 어디야. 쉘부르지."

"군복 입고 가도 되나?"

"그럼 군인이 군복 입어야지. 뭘 입냐?"

사실 군복이 아니면 마땅하게 입을 캐주얼복이 없었다. 그렇다고 짧은 머리에 양복을 걸칠 수도 없고, 군인이니까 군복이 당연한 건데 괜히 고민을 했다.

가을 하늘처럼 높고 푸르고 따사로운 햇살은 온 누리에 포근함을 안겨 준다.

지하철을 타고 을지로입구역에서 내려 수많은 인파가 오고가는 1년 전 걸었던 그때 그 길을 다시 걷다가 문득 순이의 얼굴이 떠올랐다.

자장면을 먹고 명동성당을 향해 가면서 마냥 행복해하던 모습.

'제일 먼저 순이를 보러 갔어야 했는데…'

밤새 철책순시를 하고 철문앞 분초에 들어오면, 주머니에 곱게 보관한 순이의 하얀 편지를 꺼내 다시 읽었었다.

첫 휴가 나가면 제일 먼저 순이를 보려고 했었다.

그렇게 보고 싶었던 순이였지만 막상 친구들의 호출을 받고 보니 만남의 순위가 뒤로 밀렸다.

'대학입시 준비로 정신이 없을 테지…'
애써 변명거리를 찾고 쉘부르의 문을 열었다.
실내 가득히 내려앉은 젊음의 음악.

'*The young ones,*
darling we're the young ones
And the young ones
shouldn't be afraid
To live and love,
while the flame is strong
Cause we may not be the young ones very long'

'그래. 젊음은 오래 머무는 것이 아니야.'
클리프 리처드의 〈The Young Ones〉가 경쾌하게 분위기를 이끄
는 왼편 코너 넓은 자리에서 손을 흔들며 반기는 친구들.
그리고 3인의 '자자 삼총사'.
악수를 청하는 친구들의 손을 무시하고 우선 군인답게 거수경
례로 인사를 했다.
습관적으로 나온 사단 구호.
"태! 풍!"
웬 태풍?

일순간 카페의 모든 시선이 한 곳에 집중된다.

그리고 바로 터져 나온 박수 소리.

얼떨결에 박수를 받고 홍조를 띤 얼굴로 다시 뒤를 돌아 카페 전체를 바라보고 절도 있게 다시 경례를 했다.

"태! 풍!"

태풍처럼 우리네 젊음의 기상도 휘몰아치길 바라면서.

흐뭇한 표정을 짓는 친구들과 일일이 손을 잡고 인사를 건넨 후 자리에 앉자, 곧이어 뮤직박스에서 DJ의 말이 흘러나온다.

"반가운 군인이 오셨습니다.

잠시만 일어나 주시죠."

반사적으로 벌떡 일어나 부동자세를 취했다.

다시 모든 시선이 집중된다.

"1년 전 여기서 〈고래사냥〉을 다 함께 부르고 두려운 표정으로 훈련소로 향했던 훈련병이 씩씩한 군인이 되어 다시 찾아왔습니다.

그것도 짝대기 두 개의 일등병 계급장이 아닌 무려 4개 위에 날개까지 얹어 대한민국 육군 하사로 돌아왔습니다."

누가 시키지도 않았는데 터져 나오는 박수 소리.

"가슴에 단 '민정경찰'의 의미는 우리가 이곳에서 음악을 듣고 낭만을 이야기할 때 최전방 휴전선을 철통같이 지키고 있다는 표시입니다.

어깨에 단 푸른 견장은 분대원을 이끌고 있다는 지휘자의 상징입니다.

우리나라 최전선은 서해안에서 동해안까지 155마일 휴전선을 따라 남과 북의 군인들이 대치하고 있고, 그 곳에서 각각 2km를 빈 공간으로 하여 '비무장지대'로 정하고 철책을 쳐서 구분하였습니다.

군인을 민정경찰이라고 부르는 이유는, 비무장지대 안에서는 휴전협정에 따라 말 그대로 총으로 무장을 한 군인들이 활동할 수 없기에 형식적으로 군인이 아닌 경찰이 감시한다는 뜻입니다.

따라서 비무장지대는 민정경찰만이 철책을 넘어 군사분계선까지 감시와 관리 차원의 출입만 극히 제한적으로 허용됩니다.

우리 대부분은 모르고 살고 있지만, 우리나라는 현재 잠시 휴전상태에 있는 전쟁 중인 국가입니다."

카페 분위기가 엄숙해졌다.

"팔 위 어깨 근처에 둥근 원에 새겨진 두 개의 포개진 S자는 28사단 80연대 쌍용부대의 부대표시를 나타낸 것이고, 이름표 위에 하얀 점이 2개 있는 주먹의 의미는 '2대대'라는 표식입니다.

쌍용부대가 담당하고 있는 철책지역은 바로 앞쪽엔 북에서 발원한 임진강이 흐르고 있고, 휴전선 너머 비무장지대에는 6.25전쟁의 영웅인 '김만술 소위'가 지켰던 '베티고지'가 있습니다.

베티고지의 영웅 김만술 소위는 우리나라 최초로 미국과 한국에서 최고의 훈장도 받았고 교과서에도 실렸습니다.

쌍용부대는 차를 타고 전곡 연천을 거쳐 옥계리 민간인 통제구역을 지나 한참을 들어가야 합니다.

철책이 쳐진 휴전선에서, 실탄을 장전한 채 북한군과 대치하고 있는 중부전선 산악지대를 지키는 최전방 전투부대입니다."

부동자세로 서 있는 이 하사의 제복 하나하나를 자세히 설명해 주니, 갑자기 본의 아니게 군인 모델이 된 기분이다.

마지막 말이 이어진다.

"여러분, 최전선 철책을 굳건히 지키다 첫 휴가를 나온 육군하사 이 하사에게 다시 한번 큰 박수로 그간의 노고를 위로해 줍시다."

진심으로 우러나는 격려의 박수가 카페를 울렸다.

커다란 박수소리에 이 하사의 '태! 풍!' 구호도 묻혔다.

순간.

박수를 치면서 모두가 'DJ가 어떻게 이 하사 부대에 대해서 그렇게 잘 알지?' 하는 의구심이 들었는데 바로 답이 나왔다.

"사실 제가 1년 전 쌍용부대에서 민정경찰로 비바람과 눈보라를 맞으며 철책을 지키다 병장으로 제대를 했습니다."

'와~' 하는 함성.

그러더니 뮤직박스의 문을 열고 나와 이 하사 앞에 서서 경례를 붙인다.

"태! 풍!"

얼떨결에 경례를 받았다.

"태풍!"으로 답한다.

전역은 했지만 계급이 높은 이 하사에게 형식적인 예의를 차린
것이다.

그리고 다가와 깊은 포옹을 하고 한 장의 티켓을 건넨다.

또다시 펼쳐진 각본 없는 연극에 쉘부르는 축제의 장이 되었다.

그리고 뮤직박스 레코드판에는 철책선을 지키는 군인들이 부르
는 야전곡 〈전선의 눈물〉이 올려진다.

'찬이슬 내리는 GOP 전선에서

두고 온 부모형제 못 잊어서 울었다네.

철책이 가로막힌 GOP 전선에서

사나이 사나이가 부모형제 못 잊어서

눈물을 흘리면서 휴가 날짜 기다린다.

함박눈 내리는 타향의 전선에서

두고 온 얼굴들을 보고파서 울었다네

철책이 가로막힌 타향의 전선에서

사나이 사나이가 그리움을 못 참아서

눈물을 흘리면서 제대날짜 기다린다.'

"무슨 티켓이니?"

지호 옆에 앉아 있는 영자가 묻는다.

모두가 궁금하였기에 시선이 철이의 손에 모였다.

파란색 티켓을 펼쳤다.

'초대권'

대한극장 〈병사와 아가씨들〉

"우…"

그런데 초대권이 2인용.

"야. 이게 뭐야. 그럼 2사람만 가는 거네."

영자 곁에 앉아 있는 지호는 물론 모두가 실망하는 기색이 역력
하다.

잠시 후,

"역시 멋지다. DJ님이."

지호가 상황을 정확히 분석해서 재빠르게 답을 냈다.

"무슨 말이야?"

"철이에게 여자친구를 만들 수 있는 기회를 준 거야."

"?"

곧 지호의 답의 의미를 깨닫고 고개들을 끄떡였다.

"그럼 누가 철이하고 데이트를 해 줄 수 있지?"

지호가 '자자 3인방'을 둘러본다.

주저 없이 옥자가 나섰다.

"넌 그것도 문제라고 내냐?"

"뭐?"

"당연히 나지. 너희들은 원래가 둘씩 짝이잖아."

명쾌한 판결이 내려졌다.

"최전방에서 적과 싸우다 왔으니 내가 잘 돌봐줄게."

옥자가 철이에게 바짝 다가가 손에 쥔 티켓을 건네받고 철이의 뺨에 뽀뽀를 해 준다.

순간 홍당무가 되는 철이의 얼굴.

4인의 힘찬 박수로 추인을 받았다.

세상에 태어나서 처음으로 여대생에게 뽀뽀도 받고, 극장도 같이 가는 행운을 얻었다.

철이는 같은 학교를 다닐 때에는 지호나 정수보다 공부를 잘했었다.

그러나 대학의 문턱을 못 밟은 고등학교 출신이라 만날 때마다 다소 주눅이 드는 감정을 감추고 있었지만, 고맙게도 5인의 멤버들은 철이의 이런 속마음을 아는지 같이 만나면 대학생활에 관련되는 말은 일절 안 했다.

옥자가 짝이라고 생각하고 다시 보니 별 관심을 못 끌던 옥자의 모습이 '자자 삼총사' 중에서는 비교가 안 되는 어여쁜 얼굴과 늘씬한 키, 그리고 진하게 풍겨져 나오는 지성미가 넘쳐흐르고 있음을 새삼 발견하였다.

잠시 기억이 되살아난다.

철이의 손을 잡고 누나가 해 주던 말들.

'보이는 것이 다 보이는 게 아니야.'

'이름을 불러 줄 때 비로소 나의 꽃이 된단다.'

"세상을 아름답게 봐야 해."

최전방에서 여자는 거의 볼 수 없었던 철이에게 옥자는 모나리자, 아니 그 이상의 여인 클레오파트라, 비비안 리, 카트린 드 뇌브, 올리비아 핫세 등과 어깨를 나란히 하는 여신으로 다가온 것이다.

그렇게 철이는 지성미와 야성미를 두루 갖춘 '아프로디테'를 사귀게 되었다.

감독: 김기덕
주연: 안성기, 이영옥, 나가수, 이동진
상영시간: 100분

바람 불고 추운 겨울날 영동고속도로를 달리던 고속버스가 대관령근처에서 고장이 나서 그곳을 경비하고 있던 일개분대의 국군경비초소의 병사들을 만난다. 고속버스 안내양인 '미스김'과 '신기사'는 병사들이 베풀어준 호의에 보답하고자 작은 선물을 준비한다. 이런 연으로 고지를 지키는 병사들과 아가씨들 사이에 티 없는 순수한 우정의 교류가 시작되었다.

그러다 보니 '윤병장'은 미스김과 자주 대관령휴게소에서 만나면서 우정을 사랑으로 승화시킨다. 윤병장의 전우인 '최병장'은 자기와 막역한 친구에게 사랑했던 애인을 뺏겨 서울로 가 복수를 하려고 한다. 이런 상황을 알게 된 전우인 윤병장이 서울로 달려가서 불상사를 막지만 부대 복귀시간은 임박하고 교통편은 끊어졌다.

군대에선 복귀시간이 늦으면 5분대기조가 출동할 태세이고 이런 절박한 시점에서 용마고속 미스김의 기지와 열정으로 극적으로 군대에 복귀하면서 탈영병의 낙인을 모면하게 된다.

(배우 안성기씨가 7살 때 영화에 데뷔했지만 고등학교 때 공부에 전념하기 위해 영화계에서 나와, 외대에 입학하여 ROTC로 제대한 후 다시 찍은 영화)

다음날 오후 충무로.

계절의 여왕 5월이 맘껏 멋스러움을 뿌리는 충무로길.

올려다 본 남산은 신록으로 변해 가고, 길가 화단에는 봄의 꽃들이 저마다의 색을 갖고 아름다움을 뽐내고 있다.

'병사와 아가씨들'을 보기 위해 대한극장을 가는 중.

"철아. 진달래 너무 곱지?"

"진달래의 꽃말이 첫사랑과 사랑의 기쁨이니까 그렇겠지."

말을 듣는 순간 옥자가 놀란 눈으로 올려다본다.

"응… 어떻게 그런 걸 알아?"

존경심이 묻어있다.

"군대 가면 알게 돼."

"정말. 군대가 그런 것도 알려줘!"

감탄!

'대한민국 군대가 좋아진다더니 별것도 다 알려 주네.'

따라서 '우리나라 좋은나라'라고 결론지었다.

옥자에게 점수를 탄 것에 대하여 누나에게 마음속으로 고마움
을 표했다.

꽃말도 지금 이 순간 어울리는 '사랑의 기쁨'.

"이 크고 붉은 꽃은 작약이지?"

"맞아. 하얀색도 있어."

"그래?"

"색이 다양해."

"난, 빨간색 작약만 있는 줄 알았네."

다시 우러러보게 되는 철이.

"백합꽃이 하얀색이라서 백합일까?"

"하야니까 백합이라고 하는 거 아니야?"

"아니야."

"그래. 그럼 왜 백합이라 하는데?"

"백합은 꽃 색깔이 백 가지가 된다고 해서 백합이라 하는 거야."

아주 놀라는 눈치.

"한자로 흰 백자가 아니고 일백 백 자를 써."

옥자는 여자이고 대학교를 다녀 공부를 더 했는데도 철이는 꽃에 대하여 자기보다 너무 잘 알고 있어 감탄했다.

존경과 경외심이 사랑으로 바뀌고 있었다.

팔짱을 더욱 꽉 끼면서 몸을 밀착하며 걸었다.

봄의 따사한 온기는 대지에 생명력을 맘껏 불어넣고 있다.

꽃에 관심을 갖고 도로를 걷다 보니 작고 예쁜 꽃이 도로블럭을 뚫고 옹기종기 모여 미소를 보내고 있었다.

옥자가 잠시 걸음을 멈추고 철이의 얼굴을 쳐다본다.

답을 구하는 눈치.

"애기똥풀이야."

"우리가 무심히 지나다녀서 그렇지, 아스팔트로 포장된 시멘트 건물이 즐비한 도시에도 유심히 보면 야생화가 강한 생명력을 갖고 살고 있어."

"!!!"

그저 감격, 감격.

"보이는 것이 다 보이는 게 아니듯이 물질의 본질을 찾아내는 양자역학의 물리학적 관점에서 사물을 보면, 세상에 모든 존재하는 것이 살아 있다는 느낌을 받곤 해."

"양자역학?"

처음 듣는 물리학 학설에 놀라움이 와 닿는다.

"내가 군대 가기 전에 살던 독립문 넘어 안산 봉화뚝에 불상을 만드시는 스님이 계셨는데 그분이 알려 주셨어. 우리가 무심코 걷는 산길에도 움직이는 생물과 꽃을 피우며 자라는 작은 꽃들도 많으니 해치지 않도록 조심해야 한다고 하셨지."

"그 스님이 물리학을 전공하셨나?"

"그건 모르겠는데, 무엇이든 물어보면 막힘이 없으셨어."

옥자는 양자역학까지 들어가는 철이의 앎의 깊이가 도대체 어디까지일까 강한 호기심이 생겼다.

비록 가정 형편 때문에 대학을 안가고 취직을 했지만, 옥자는 직감적으로 철이가 무지 똑똑하고 선하다는 것을 새삼 알게 되었다.

시간이 갈수록 점점 멋있어지는 철이에게 더욱 몸을 기댔다.

"이 길은 영화관도 많네."

"충무로하면 그 이름 자체가 우리 한국 영화의 상징이잖아."

충무로가 곧 한국영화라는 의미이다.

충무로에는 많은 영화제작사와 그들과 협력관계에 있는 영상현상소, 인쇄소, 기획사와 영상도구나 소품 등을 운반 보관하는 가게 등이 줄지어 있다.

지금 가고 있는 대한극장을 필두로 수많은 관객이 몰리는 서울극장, 피카디리, 국도극장, 명보극장, 스카라극장, 단성사 등 개봉관들이 충무로와 인근에 운집해 있기에 영화인들의 메카로 자리를 잡고 있다.

해마다 영화산업이 눈에 띄게 발전하면서, 많은 배우지망생들이 프로필사진을 찍기 위해 충무로사진관들을 찾았고 각종 영화 홍보물 제작을 위해 많은 인쇄소와 출력실이 늘어가고 있다.

더불어 유동인구가 점점 많아져서 여러 음식점과 휴게시설도 날마다 늘어가기에, 충무로가 명동 다음의 번화가가 되어 있었다.

상영이 끝나서 사람들이 쏟아져 나오는 명보극장을 지나니 나지막한 고갯길 옆에 '진고개'라는 한식집 간판이 눈에 들어온다.

"진고개가 무슨 뜻일까?"

철이가 말을 받았다.

"이 길은 예전에 남산의 끝자락에 있지만 땅이 질어서 '진고개'라고 불렸어."

"땅이 질어서?"

"응. 너무 땅이 질어 걸을 수가 없는 경우가 많이 생겨서, 조선 말에 2미터 이상 흙을 파서 높이를 낮추고 하수처리를 위해 하수구관을 묻은 거야. 서울에서 처음으로 시공한 하수구 도관 공사인 거지."

이번엔 정확한 답을 기대하지 않고 무심코 그냥 던진 말인데, 철이가 또 다시 감동을 주며 주가를 높인다.

"옥자야. 너 김두한 알지?"

"그럼 장군의 아들. 주먹의 왕. 영화도 보았는데."

자신 있는 대답이 돌아왔다.

"그럼, 김두한이와 싸웠던 하야시라는 일본 검객도 알겠네?"

"기억 나, 한국계로 알려진 일본 야쿠자의 대장. 김두한이하고 싸웠잖아."

"맞아. 그 하야시가 머물며 영향력을 행사했던 곳이 바로 이 진 고개 지역이야. 일본말로 '혼마찌'라 부르지."

"그래 들었어. '혼마찌'라는 말. 그런데 왜 하야시가 이곳에 터를 잡았지?"

"일제 때에는 진고개를 포함하여 충무로의 거의 대부분 지역에 조선총독부의 전폭적인 지원을 받는 일본인들이 터를 잡고 살면서 영향권을 확대해 광화문까지 그들의 상권을 넓혔지."

"그래서 김두한이를 만난 거네?"

"그렇지. 소위 하야시를 수장으로 하는 '혼마찌' 야쿠자들이 그 영향력을 종로에까지 미치려 하자 그때 종로를 장악하고 있던 김좌진 장군의 아들 김두한과 필연적으로 대결이 불가피하게 되었던 거야."

옥자는 뜻하지 않게 충무로의 역사를 알게 된다.

"이런 이유로 이곳은 일본의 경제수탈에 맞서, 우리 주먹 단 5명과 일본의 야쿠자 40명 간의 숙명적인 대결이 전설로 남아 있게 되었어."

예전에는 진고개가 있는 충무로 일대가 '남산골'로 불리며 주로 가난한 선비들이 높이가 있는 나막신을 끌고 모여 살았었다.

이러던 곳이 경술국치 이후 일본 식민통치가 시작되면서 '혼마찌'라는 이름으로 바뀌어 일본인들이 상권장악을 위하여 모여들면서 경제수탈의 본거지가 되어 버렸다.

해방 이후 이러한 일제의 잔재를 모두 지우기 위해 거리 이름을 바꿨다.

과거 일본인들이 가장 무서워했던 '충무공 이순신 장군'의 이름을 빌려, 퇴계로와 명동 사이에 동서로 길게 뚫린 대로를 충무로로 이름 붙였다.

지금은 문화와 패션의 거리이지만 이런 민족의 아픈 기억을 간직하고 있는 충무로는 묵묵히 세월의 흔적을 머금고 두 연인에게 길을 내주고 있었다.

충무로 길을 빠져나와 대한극장을 앞에 두고 길을 건넌다.

사실 철이가 서울 중심가에 대하여 자세히 아는 이유는, 초등학교 때부터 수년간 이 지역 구석구석을 신문을 옆에 끼고 헤집

고 다니다 보니 자연스럽게 알게 되었다는 것을 옥자는 모르고
있었다.

100분 동안 〈병사와 아가씨들〉 영화를 보고 대한극장의 문을
나선다.
옥자는 영화 속의 '최 병장'의 애인처럼 철이의 마음을 아프지
않게 하리라 다짐을 하면서 너욱 팔짱에 힘을 주었다.

。

군사우편

보고 싶은 순이에게.

공부하느라 너무 힘이 들지?

이런 말이 있어.

"This too shall pass away."

아무리 힘이 들어도, 지금 이 순간은 곧 지나갈 것이니

화이팅!

오빠는 우리 순이가 꼭 원하는 대학에 합격할 거라 확신해.

어차피 인생에 한번은 겪어야 하는 대학입시라면, 두려움 모두

떨쳐 버리고 최선을 다한 후 결과를 기다리는 것이 맞겠지?

촌각의 시간도 아까운 요즈음이겠지만 모쪼록 몸에 무리가 안

가도록 건강에 유의하고, 입맛 없다고 밥 안 먹고 그러지 말고.

얼마 안 남은 대학입시 조금만 참고 힘내!

우리 마을엔 요즘은 벌개미취가 피었겠네?

아니면 또 코스모스가 점령했던지.

공부할 시간도 모자랄 텐데 이만 줄일게.
언제나 우리 순이를 생각하는
육군하사 이 하사가.

철이 오빠가 첫 휴가를 나왔지만 못 만난 게 이해가 되었다.
'내 공부에 조금이라도 방해가 될까 봐…'

'군사우편'이 찍혀 있는
철이 오빠의 향기를 가득 담은 전선편지는
철이의 깊은 마음을 헤아리는 순이의 눈에
눈물을 맺히게 했다.

o

면회

경기도 연천 중부전선 산악지대를 담당하고 있는 GOP철책사
단인 제28사단.

3개 연대 중 80, 81연대가 1년씩 교대로 최전방을 지키며 82연
대는 FEBA지역에서 후방 지원을 맡는다.

사단 이름은 '태풍사단'이고 80연대는 '쌍용부대'이다.

철이가 배속된 쌍용부대는 작년 말에 철책선을 81연대에 넘기
고 지금은 군자산 일대에서 고지작업에 전념하고 있다.

군자산은 300미터가 조금 넘는 높지 않은 산이지만, 주변에 높
은 산들이 없어 임진강 너머 북한 땅도 보이는 전략적 요충지였
기에 '전 국토의 요새화'라는 북한의 대남정책에 대응하고자 쌍
용부대도 '군자산의 요새화'를 위해 인근에 있는 '한탄강'에서 골
재를 채취하여 벙커도 만들면서 방위체제를 다듬고 있었다.

GOP 근무 시에는 면회가 절대 안 되었지만 이곳에서는 특별한
상황이 없는 한 휴일면회는 항시 허용되고 있었다.

더욱이 내무반장을 겸임하는 이 하사는 신임병들이 외출시 대동하는 경우도 많아 부대 위수지역인 연천이나 전곡 시내를 나오는 경우가 자주 있었다.

"계급과 이름을 말해 주세요?"

"하사 이상철입니다."

수화기를 드는 위병소의 군인.

동토의 땅을 박차고 나온 복수초가 봄소식을 전해주는 초봄이 다시 돌아왔다.

하얀 구름이 파란 하늘 위에 높게 걸려 있는 햇살 따스한 일요일 정오.

이제는 어엿한 여대생이 된 순이가 면회를 신청했다.

난생 처음 군대라는 곳을 방문하니 절도 있는 군인들의 모습과 위병소에 부착되어 있는 여러 홍보물들 그리고 문틈으로 엿보는 부대 정경 등 모든 것이 다른 세상에 온 것처럼 신기하게 다가온다.

나름대론 일찍 온다고 아침부터 설쳤는데 버스를 몇 번씩 갈아타고 물어물어 오느라 시간이 많이 걸려 햇님이 머리 위에 있을 때 부대에 도착했다.

그래도 오랜만에 철이 오빠를 만난다고 생각하니 기분은 날아갈 것 같았다.

오빠가 소녀 티를 벗은 여대생 순이로 변신한 모습을 보면 너무 놀랄 거라고 지레 짐작하면서 옷매무새도 다시 점검해 본다.

최전방을 지킬 때는 면회도 안 되었다.

'오빠가 나를 보면 얼마나 좋아할까?'

혼자서 미소까지 짓는다.

오빠가 나오면 자장면이 아닌 더욱 맛있고 값나가는 음식을 사주려고 연천역 주변에 음식점도 점찍어 놨다.

따사로운 햇살이 위병소 안에 가득 온기를 불어넣고 있다.

잠시 후.

"중대에 확인해 보니 두 시간 전에 면회신청이 와서 밖에 나갔답니다."

"예?"

기대감이 절망감으로 바뀐다.

사전에 알리고 왔어야 했는데, 불현듯 찾아가면 더욱 반가워할 것 같아서 미리 연락을 안 했었다.

"몇 시에 귀대하나요?"

"5시입니다."

얼굴이라도 볼 요령으로 물어보았지만 차를 갈아타면서 집에 가기에는 너무 늦은 시간이었다.

너무나 아쉬운 마음을 가득 안고 발걸음을 돌려야 했다.

사람들의 왕래가 뜸한 시골길에는 초록의 새순들이 봄꽃을 피우기 위해 올라오고 있고 군용지프만 이따금 조용한 도로를 흙 먼지를 내고 달리고 있었다.

'후회해도 소용없지 뭐. 내가 미리 면회 간다고 알리고 왔어야 하는데.'

너무나 기대했던 첫 면회의 설렘이 빨리 가시지를 않고 미련이 남아 자꾸 변명거리를 만들어 낸다.

그러다 문득.

'누가 면회를 왔을까?'

너무 궁금해진다.

'오빠가 은행에 다녔으니 직장동료들이 왔나. 아니면 친구들 이…'

'아니야, 가족들이 왔는지 모르지…'

꼬리에 꼬리를 물고 의구심이 들었다.

웬지 직감적으로 면회 와서 같이 외출 나간 사람이 누가 되었든 지 상대방에게 미운 마음이 들었다.

안산 봉화뚝에 오빠가 가르쳐 주었던 복수초가 핀 이야기도 들 려주어야 했고, 대학교에서 어떤 동아리에 들어가면 좋을지도 상의하려고 했었는데 너무나 큰 아쉬움이 가슴을 뻥 뚫리게 만 들었다.

자꾸 생각한다고 바뀔 일이 아니기에 흔들고 상념의 나래를 접 고 군사우편에서 오빠가 알려준 문구를 다시 꺼내었다.

'This too shall pass away.'

시골길을 빠져나와 버스들이 달리는 연천시내로 접어들었다.
버스를 타려다 이런 기분엔 기차를 타고 싶어, 자주 다니지는 않
지만 대략 시간을 맞출 수 있을 것 같아 연천역을 향해 걸었다.
역이 가까워질 즈음.
깜짝 놀라 걸음을 멈추었다.
"앗!"
철이 오빠의 모습이 보였다.
무의식적으로 순간 굳어지는 몸.
너무나 반가워 이름을 부르고 막 뛰어 달려가려다, 다시 한번
그 자리에 몸이 얼어붙으며 발걸음을 멈췄다.

'아니, 이럴 수가!'
보지 말아야 할 장면을 보고 말았다.
현실이 아니고 꿈이기를 바라며 살을 꼬집어도 봤다.
아팠다.
뒤따라 건물 모퉁이를 돌아 나온 여자가 철이의 팔짱을 끼더니
마냥 즐거운 표정으로 길을 건너려 한다.
순이의 면전 몇 미터 앞에서 슬픈 영화의 한 장면이 리얼하게
펼쳐지고 있었다.

두 사람이 돌아 나온 건물벽엔 '여인숙'이라는 간판이 커다랗게 달려있었다.

본능적으로 몸을 건물 옆으로 숨겼다.

그 앞을 두 남녀가 팔짱을 끼고 걸어가며 사랑의 이야기를 나눈다.

"철아. 오늘 괜찮았어?"

"그래, 많이 좋았지."

"나 내년에 결혼하라고 집에서 난리야."

"그러시겠지. 옥자 너도 나이가 있으니."

정겹게 걸어가는 두 사람이 점점 시야에서 멀어져 간다.

순이는 모차르트의 진혼곡이 울려 퍼지며, 검디검은 구름과 함께 절망과 죽음의 그림자가 다가오는 것을 느꼈다.

보이는 주변이 도대체 이건 사람 사는 세상이 아니었다.

눈앞이 캄캄해지고 머리가 하얘지면서 발을 뗄 수가 없었다.

그냥 그 자리에 주저앉았다.

신체의 모든 기관이 멈추었는지 눈물도 안 나고 말문은 막히고 온 몸에 힘이 전부 빠져 몸을 가눌 수가 없었다.

이 세상에 존재하는 모든 것이 싫어졌고 모든 사람이 미웠다.

내가 이 세상에 존재할 이유가 없었다.

나는 한갓 바람에 날려가는 먼지였다.
너무나 잔인한 일요일 오후였다.

나는 없었다.

그러나 '눈에 보이는 것이 전부가 아니었다.'
여인숙 모퉁이를 돌아 조금 걸으면 큰길이 나오고 맞은편에 이
곳에서는 유일한 작은 영화관이 있었다.
상영 영화는 〈별들의 고향〉.

사라진 순이

동두천 사단연병장에서 전역신고를 마쳤다.

자랑스런 대한의 향토예비군이 되어 서울로 가는 시외버스를 탄다.

제대의 기쁨보다는 순이의 소식을 알아보는 것이 급해 봉화뚝으로 향했다.

순이는 작년 대학교에 입학했다는 소식을 전하고는 그 이후 수없이 편지를 보내도 답이 없었다.

'무슨 큰일이 일어난 걸까?'

제대 날짜가 가까워질수록 궁금증은 더해만 갔다.

혼자 할 수 있는 별의별 추측과 걱정만 하고 있었다.

버스를 타고 무악재 들머리에서 내려 봉화마을을 찾아가는 오르막길을 오르면서, 3년이란 세월이 완전히 탈바꿈시킨 마을의 정경이 낯설게 다가왔다.

수돗물을 길어 올리던 길들과 윗마을은 흔적도 없이 사라지고 그 곳에는 아카시와 리기다소나무가 조밀하게 자리를 차지하고 있고, 예전 공중 수돗가 느티나무 아래 집들만 마을의 형태를 유지하고 있었다.

우선 순이네 집을 찾았다.

순이네 집은 공중 수돗가에서도 조금 더 내려와 있기에 온전한 모습으로 넓은 마당을 풀고 그때 그 자리를 지키고 있었다.

문을 두드려 사람을 불러냈다.

낮 모르는 사람이 나온다.

"순이네가 이사를 갔나요?"

"우리가 작년 여름에 이사 왔는데요."

"혹시 어디로 이사 갔는지 아시나요?"

"모르겠네요. 멀리 가는 것 같지는 않았는데…"

연락도 없이 순이네가 이사를 간 것이었다.

'도대체 무슨 일이 있어서?'

좀 더 내려와서 예전부터 동네 사정을 이것저것 제일 잘 알고 있는 마을 입구의 쌀가게에 들렀다.

"아저씨 안녕하세요. 저 철이입니다."

철이는 이곳에서 공부도 잘하고 착한 학생이라고 소문이 나서 아랫마을 어른들도 철이를 잘 대해 주셨다.

"응. 그래 철이구먼, 어라, 벌써 예비군이 되었나?"

"예. 저 오늘 막 제대했습니다."

"하기야 벌써 시간이 3년이나 흘렀구먼, 봉화마을도 다 철거되어 버렸고 우리 가게도 쪼그라들어서 이 모양이 되었지."

윗마을이 전부 없어지다 보니 절대인구가 반으로 줄어서 가게도 많이 작아져 있고 물건도 별반 진열된 것이 없었다.

전에는 연탄만 해도 한구석에 거의 전부를 차지하고 있었는데 지금은 하나도 보이지 않았다.

"아저씨 혹시 순이네 어디로 이사 갔는지 모르세요?"

"응. 그게 말이야. 작년에 순이가 대학을 들어간 후 갑자기 많이 아팠나봐. 그 후덕하신 순이 엄마가 순이 걱정 때문에 얼굴도 반쪽이 되었지 뭔가."

놀란 가슴이 마구 뛴다.

"아니. 어디가 많이 아팠나요?"

"몸은 멀쩡한데 마음의 병이 깊이 들었다고 하지, 아마."

"마음의 병이요? 정신병이요?"

"아니야. 그런 이상한 병이 아니고 그냥 뭐. 마음이 아파서 대학교도 안 가고 그랬나 봐. 그러니까 순이 엄마가 얼굴이 반쪽이 되었지. 그럼 그럼."

"…"

갑자기 안쪽 방문을 열고 할머니가 얼굴을 내미신다.

"영감, 그게 아니고 하느님에게 빠진 거라니까."

"아. 맞어 맞어!"

진지하게 말씀을 정정하신다.

"순이네가 성당에 다니잖아. 순이가 절에서 스님들처럼 성당에서 일한다고 학교를 그만두었다지."

다시 아주머니가 끼어드셨다.

"성당에서 일하는 게 아니고 수녀가 된다고 했다니까 그러네."

아. 이해가 되었다.

"수녀!"

순이가 수녀원에 들어간 것이다.

'왜? 순이가 수녀가 되려고 했을까?'

평소 성당에는 빠지지 않고 미사를 보기는 했어도 수녀가 되고 싶다는 말은 단 한 번도 한 적이 없었다.

오히려 수녀님들의 생활이 너무 자유가 없는 것 같다고 측은하게 생각하였던 순이가 수녀원에 들어갔다는 것이 실감이 안 났다.

그렇게 자신이 원했던 대학교에 입학도 했는데, 아무리 생각을 해도 도저히 알 수가 없는 일이 벌어지고 있었다.

수녀원이라는 곳이 한 번 들어가면 파계하기까지는 담장을 넘을 수 없어 외부와 연락이 두절된다는 사실을, 순이가 다니던 성당을 찾아가서 알게 되었다.

순이가 세상에서 맺었던 모든 연을 끊고 하느님을 맞으려 간 것이다.

'왜. 그랬을까?'

'무엇이 우리 순이를 세상을 등지고 수녀원에 가도록 한 것일까?'
'수녀원의 순이는 행복할까?'
'나도 잊었을까?'

순이가 사라진 후,
대한민국도 엄청난 격변의 풍랑을 겪는다.
무소불위의 권력을 행사한 박정희 대통령.
10월 유신을 한 대통령이 10월달에 총탄을 맞고 세상을 떠났다.
나라에 봄이 오는가 싶었는데 곧 이어 12월에는 또 한 군인이
반란을 일으켜, 다시 군사정권을 연장시켰다.

。

마리아 봉쇄수녀원

어둠만이 지배하는 조용한 새벽.

숨소리조차 멎을 것 같은 고요함을 깨고 종이 세 번 울린다.

시곗바늘은 6시를 향해 가고 있고, 곧이어 침묵이 내려앉은 기다란 복도에 도미니크 스타일의 검은 수도복을 입고 하얀 김프(guimpe)를 목 언저리에 덮은 수녀님들이 하나둘 나타난다.

그 수가 점점 많아져 꽤 많은 무리를 이루었고, 모두가 동쪽 작은 경당을 향해 바닥을 스치는 소리도 없이 날아가듯 움직이고 있다.

종소리에 깨어 새벽잠을 설쳤을 텐데도 모두의 얼굴에는 경직된 표정은 없고, 루브르박물관에 소장된 레오나르도 다빈치의 모나리자의 모델처럼 밝고 온화한 신비스러운 미소만이 가득하다.

그 미소는 말로 표현할 수 없는 저 높은 곳을 향해 가는 진정한 진리를 추구하는 수도자만이 가질 수 있는 기쁨의 표현이었다.

그 많은 수녀님들이 움직이는데도 거의 느낄 수 없는 아주 작은 소리만이 귀에 닿고, 마치 형체는 있는데 실체가 없는 물체가 움직이듯 꼭 필요한 절제된 움직임만으로 걸으니 발걸음 소리도 들리지 않는다.

아직은 누리를 짙게 감싸고 있는 어둠과 어우러져 경당을 신비스러운 곳으로 만들며 거룩한 침묵만이 가득 차 있다.

곧이어,

고요함을 밝히는 촛불이 중앙에 있는 제대를 향해 길게 늘어선 수녀님들이 아주 고운 한목소리로 음을 맞춰 내는 기도소리가 천상의 소리인 양 아름답게 울려 퍼지면서, 경당을 더욱 엄숙하고 장엄하게 만들고 있다.

더욱이,

드리는 미사의 '시편'의 한 음절이 끝날 때마다, 하나님께 영광송을 바치려 일어서서 고개 숙여 절하는 모습은 범접할 수 없는 신비함으로 승화되었다.

성스러운 미사를 마치고 7시가 되었다.

다음은,

경당 앞에 게시된 게시판에 다닥다닥 붙어있는 기도지향을 참고로 삼아, 각자 기도제목을 갖고 하느님과 대화하기 위해 다시 혼자만의 공간을 찾아 간다.

'묵상기도'.

153

수녀원의 하루는 이렇게 기도와 묵언으로 시작되었다.

오로지 하느님만 생각하면서 그 하느님의 모습과 마음을 나와 일치하기 위하여, 기도로써 세속의 모든 번뇌와 잡념을 털어버리고 하느님을 닮아간다.

예수의 성녀 테레사 수녀가 있었다.

'나는 교회의 딸.'

하느님이 창조하신 이 세상을 한 인간의 작은 시각이 아니라, 하느님의 눈으로 넓게 바라보며 이 땅의 소외받고 힘들어 하는 사람들에게 주님의 사랑과 은총이 가득 내리도록 헌신하기 위해 몸과 마음을 모두 바친 수녀였다.

그녀의 숭고한 뜻을 따르기 위해 '김 테레사' 수녀는 '국립공원 북한산' 끝자락에 고풍스럽게 담이 쳐지고 나무가 빼곡히 갈색 건물을 감싸고 있는 '마리아 봉쇄수녀원'에서 하루를 시작한다.

세속명 '순이'.

묵상기도를 끝내고 식당을 향해 걸으면서, 창문 너머 여명 속에 서서히 모습을 나타내는 북한산을 바라본다.

○

비봉능선

초여름의 아침 햇살이 무척이나 따사로운 북한산 자락에 들었다.

한여름이 시작되려면 아직 달력을 한 장 더 넘겨야 하는데, 불광동에서 버스를 타고 도착한 족두리봉 들머리는 벌써 녹음이 울창하다.

멀리서 보면 봉우리가 여자 머리에 얹는 '족두리'를 닮았다고 해서 붙여진 이름이지만, 오르는 방향에 따라 바위벽을 네 발로 기어야 오를 수 있는 난이도가 상당한 구간도 많다.

족두리봉을 필두로 '향로봉 – 비봉 – 사모바위 – 승가봉 – 수봉'으로 이어지는 약 6km의 '비봉능선' 구간은, 휴일이면 등산객들이 제일 많이 걷는 구간이기에 산악인들 사이에서는 '국민능선'이라 불리기도 한다.

그만큼 능선을 따라 걷는 산길이 백운대 최고봉을 필두로 한 멋진 북한산의 모습도 한눈에 즐길 수 있고 여러 가지 형태의 특출한 바위도 널려 있지만, 그 무엇보다도 능선을 걸으면서 좌우로 파노라마처럼 펼쳐지는 수도 서울의 전경을 볼 수 있는 빼어난 조망 때문이다.

날이 좋으면 멀리 인천바다도 보인다.

'높이 오르면 멀리 볼 수 있다'는 말의 뜻을 알려주는 능선이다.

자칭 3총사가 뭉쳤다.

국민능선인 비봉능선의 초입 족두리봉 들머리에서 심호흡을 크게 하고 대장정의 채비를 마쳤다.

"어이. 대장! 안 가니?"

철이가 말을 받는다.

"넌, 대장에 대한 예의가 없어. '어이 대장'이 뭐니. '대장님'이라고 정중히 불러야지."

친구가 익살스런 표정을 지으며 두 손을 모은다.

"살려 주세요. 대장님. 죽을죄를 지었습니다."

"그러게. 다음부턴 죽을죄를 짓지 마, 성질나면 아주 어려운 코스로 가버릴 테니."

크게 호의를 베풀었다.

정부부처 공무원이 아니고 국회사무처에서 근무하는 공무원이라 그런지 공무원의 딱딱한 선입견은 느껴지지 않는 호탕한 성품이 꾸밈없이 그냥 외부로 표출되는 솔직 담백한 친구다.

그래서 그런지. 여러 관청과 검경 등 수사기관은 물론 방송언론계에도 아는 사람이 많은 소위 발이 넓은 '마당발'이었다.

현재 직급은 무슨 국회상임위원회에서 과장으로 있는 '서기관' 급이나 우리끼리 만나면 자기가 우리나라를 전부 경영하는 것처럼 통 크게 큰소리를 치곤 하였다.

단, 산에 오면 철이대장 말에 절대 순종해야 하지만.

그런 지호와는 반대로, 경제기획원에 근무하는 '정수'는 우리나라 경제정책의 컨트롤타워에서 근무하고 있어도 우리를 만나면 소위 '공장'(우리들이 근무하는 곳을 공장이라 불렀다)에서 일어나는 일은 극히 말을 아꼈다.

"철아. 빨리 스트레칭 하고 산을 오르자."

정수가 재촉을 한다.

"오늘 날도 좋은데 그냥 오르면 안 되겠니?"

또 특유의 반항을 하는 지호.

"안 돼! 산에 오르기 전에는 반드시 근육을 풀어 줘야 해. 나야 많이 걷지만 특히 지호 너는 평상시에 3보 이상은 탑승이라면서?"

단호하게 결론을 내리고 오름 길목 뒤편 공간에서 배낭을 풀어놓고 누가 보건 말건 진지하게 스트레칭을 시작한다.

'하나 둘 셋 넷…'

구령에 맞춰 '발목 – 무릎 – 허리 – 몸통 – 목 – 머리' 순으로 순차적으로 근육을 풀어 주었다.

지나가던 등산객 중 몇몇이 걸음을 멈추고 몸을 푸는 데 동참하여 인원이 다소 늘었다.

약 7분간의 스트레칭을 끝냈다.

다음.

"우선 스틱을 꺼내서, 오르막이니 나처럼 허리 아래로 길이를 맞춰."

"대장. 이거 잘 안 돌아가네. 비싼 '래키' 스틱인데."

"지호야, 내가 너보고 비싼 것만 고르지 말라 그랬지. 순수 우리나라 제품도 가성비 좋은 것이 많아. 외국제품도 거의 국내에서 OEM으로 생산하는 거야."

"너 얼마 주고 또 새로 산 거니?"

"30만 원."

"전문산악인도 아니고 기껏해야 일 년에 두세 번 산에 오르면서 공무원이 국산품을 애용해야지 비싼 것만 찾으면 안 되지. 다음부턴 등산장비 살 때는 꼭 대장과 상의를 하도록. 알았니?"

등산스틱 풀어서 크기를 맞춰 주고 다시 건네주면서 명령하달을 했다.

"Yes, sir. 원 대장이 무서워서 꼭 군대에 다시 입대한 기분이네."

그러면서도 얼굴에는 웃음을 가득 머금었다.

"산은 항상 조심해야 해. 자만하지 말고…"
그렇게 군기를 잡고 비봉능선의 첫 관문 족두리봉을 오른다.

한 시간 가량을 '헉 헉~' 거리며 올라와, 커다란 바위덩어리 하
나가 얹어 있는 형상의 족두리봉에 닿았다.
"야호~"
역시나 '지호'가 힘들게 정상에 오른 감동을 크게 표현한다.
"지호야. 너 '야호' 소리를 크게 내면 안 돼. 다른 사람들에게 민
폐를 주는 거야."
엄하게 지적을 했다.
"미안. 난 산에 오르면 '야호~'가 습관이 되어서."
바로 바로 잘못을 시인하고 고치려는 '지호'가 맘에 든다.
'역시, 내 친구야.'
혼자 독백으로 보람을 느낀다.
그러다 문득.
'나도 북한산 봉우리에 올라 크게 소리치는 경우도 있는데…'
지호에게 조금 미안한 생각이 들었다.
'순이야~'

족두리봉에서 보이는 남쪽 서울 방향은, 안산·인왕산·북악
산이 횡렬로 가지런히 정렬되어 있고 서쪽으로는 여의도 김포

159

는 물론 아스라이 인천도 보인다.

북쪽으로는 북한산의 최고봉 백운대와 뒤쪽으로는 도봉산이 병풍처럼 감싸고 있다.

비록 높이는 370미터로 높지 않은 봉우리지만 주변에 시야를 가리는 것이 없이 확 터져 있기에 전망이 너무 좋다,

족두리봉은 등산초보자나 시간이 없어 짧은 등산을 원하는 산님들에게는 인기가 가장 좋은 봉우리가 되었다.

잠시 정경을 감상 후 물 한 모금씩 축이고 다음 목적지인 향로봉을 향해 아직은 동쪽 하늘 중턱에 떠 있는 햇님을 바라보며 비봉능선을 걷는다.

족두리봉 옆사면을 돌아 향로봉을 앞에 두고 비봉능선의 출발점에 섰다.

능선 길 양쪽에 늘어서 신록으로 물들어가는 푸른 나무들에서 품어져 나오는 피톤치드를 마음껏 들이키면서 상쾌한 아침산길을 가슴을 펴고 걷는다.

초록의 나무들이 품어내는 상긋한 향내를 마음껏 들이키며 걸으니, 그간 쌓였던 삶의 찌꺼기가 소리 없이 날려가 버리며 몸과 마음이 깨끗하게 정화되었다.

"역시 북한산이 최고야!"

마음으로 북한산에게 한없는 사랑을 베풀며 걷다가 갑자기 발걸음을 멈추었다.

"대장. 왜 그래?"

앞서가던 철이가 갑작스레 브레이크를 밟으니, 뒤 따라 오던 친구들이 잔뜩 걱정이 되어 긴장을 하며 묻는다.

"아냐. 아무 일 없어. 잠깐만."

그리고 잠시 고개를 오른쪽으로 돌려 한없이 한곳을 응시한다.

"야 대장. 왜 그래? 뭐가 있냐?"

순간 대꾸할 말이 없지만 대답은 해야 하기에 답한다.

"멋지지 않니. 저 서울의 풍경이?"

둘이서 고개를 갸우뚱했다.

"아까부터 멋졌는데. 새삼스럽게?"

둘이는 모르는 철이만의 추억을 머금은 산이 거기 있었다.

날씨가 화창해지니 점점 가까이 다가오는 그리움을 잔뜩 머금은 산.

시간이 지날수록 신록으로 물들어가는 비봉능선에 산님들이 수를 더해간다.

"향로봉에 걸려 있는 구름이 꼭 향로에서 피어나는 연기 같네?"

정수가 등산객들의 오감이 복잡하여 교통체증이 심한 '향로5거리' 바위에 서서 봉우리를 바라보며 구름 노니는 향로봉의 정경을 표현했다.

파란 하늘 아래 향로봉에, 제를 지낼 때 피우는 향의 연기처럼 하얀 구름이 몽실몽실 피어오른다.

"야. 저쪽 좀 봐!"

"어디?"

향로봉의 오른쪽 옆 사면에 깊은 계곡을 따라 길게 허리를 감싸고 능선까지 나 있는 길을 가리키는 정수.

"어디하고 많이 닮지 않았니?

"맞아. 역시 예리하네, 우리 정수가."

대장이 답한다.

"차마고도야."

"중국의 茶馬古道?"

"맞아. 북한산 버전 Acient Tea Route."

"그게 뭔데?"

지호의 질문.

"차마고도는 중국의 높고 험준한 산길을 중국의 차(茶)와 티베트의 말을 교역하기 위하여 넘었던 산길이었어. 우리가 알고 있는 실크로드처럼 인류 역사상 가장 오래된 교역로라고 하지."

"그렇게 보니 정말 비슷하네. 북한산에 별게 다 있어. 역시 북한산이 최고다!"

지호의 감탄사에 순간적으로 애국심이 밀려와, 지호와 정수는 물론 철이도 국가에 대한 자부심으로 기분이 한결 좋아졌다.

잠시 휴식 후 심호흡을 크게 하고 기를 받고 힘차게 향로봉을 오른다.

계속 오름이 숨이 턱에 찰 정도가 되었을 때 비봉과의 경계지점에 도착했다.

"헉 ~ 헉 ~"

셋 중 혼자만 땀을 뻘뻘 흘리며 호흡도 가빠진 지호.

"너 정말 큰일이다. 아직 팔팔해야할 그 나이에 노인네처럼. 쯧쯧..."

"어제 술 많이 마셔서 그렇다니까."

적극 핑계저리를 찾는 지호가 가여워서 동의해 주기로 했다.

"그러니까 앞으론 등산가기 전날에는 술 마시지 마. 너같이 건강한 사람이 이 정도에도 힘들어 하잖니?"

"알았다. 대장. 명을 받는다."

체면을 세워주고 안부를 올라 비봉을 바라본다.

"비봉 꼭대기에 있는 저 비석이 진흥왕 순수비야."

"맞아. 보인다."

"삼국시대 때 신라 진흥왕이 고구려에게 한강유역을 정복하고 세운 비석인데 진짜는 국립박물관에 옮겨져 있어."

"그럼 모조품이네?"

"그렇지. 국보로 지정되어 있으니 보존을 위해 불가피한 거지."

한참을 비봉을 응시하던 지호가 말한다.

"대장. 비봉도 커다란 바위덩어리 그 자체이네?"

"북한산은 1억 7천만 년 전 중생대 쥐라기 시대에 솟아오른 화강암 덩어리야. 마그마가 땅속에서 식은 후 지표로 올라와 오랜 세월 비바람에 깎여서 바위봉우리가 많아."

"공룡이 노닐던?"

"그래. 화강암 돌덩어리인 거지. 영어로 'Granite dome'이라고 해. 북한산엔 주요한 봉우리만도 40개가 넘어."

"그렇게 많냐?"

"북한산은 태산준령은 아니어도 산세가 수려하고 장엄하여 깎아지른 듯한 웅장하고 거대한 암릉과 풍화에 깎인 기묘한 바위들도 많지만, 산세가 험해 암봉들 사이에 계곡도 깊고 수려해서 세계적으로 보기 드문 명산이야."

"역시. 철이는 북한산 박사네."

지호와 정수가 철이에게 학위를 주고 박사님의 말을 경청한다.

"북한산은 풍수지리상 수도 서울의 진산이야. 일제 강점기 때 행정구역이 조정돼서 지금은 최고봉 백운대가 서울 관할이 아니지만, 조선 후기 전에는 만경봉 인수봉과 같이 백운대를 합쳐 삼각산이라고 부르며 한양을 수호했지."

"그, '가노라 삼각산아 다시 보자 한강수야' 말이지?"

"김상헌이가 청나라에 끌려가면서 북한산을 보고 읊은 시야. 심훈의 '그날이 오면'이라는 시에도 삼각산이 나오지."

"그러고 보니까. 내가 복무했던 수도방위사령부의 부대표시에 삼각형이 있고 부대가에도 삼각산이 나와."

지호가 말을 받았다.

해는 높이를 더해 중천에 가까워 오고 하늘은 더욱 파란색을 머금고 있다.

비봉능선을 따라 걸으며 왼쪽에서 횡렬로 늘어서서 동행하던 '백련산 · 안산 인왕산' 중 백련산이 사라지고 북악산이 합세했다.

안산의 앞모습이 점점 크게 보인다.

봉화축이 보일 듯 말 듯.

순간 걸음을 멈추었다.

"대장. 왜 그래?"

"아냐. 잠시 생각할 게 있어서. 그래. 가자!"

비봉능선에 짙게 깔린 초여름의 싱그러움을 만끽하며, 알록달록 등산복을 차려입은 수많은 산님들이 좁은 산길을 오가고 있다.

"야! 오늘은 정말 사람이 많네."

지호가 반대방향에서 남도 사투리를 쓰며 열을 지어 오는 한 무리의 사람들에게 길을 비켜 주며 말한다.

"그러니까 국민능선이지…"

점잖게 정수가 말을 받았다.

"북한산은 1994년에 기네스북에 오른 세계 제일의 산이야."

철이가 진지하게 설명을 한다.

"기네스북?"

"단위면적 당 사람들이 제일 많이 찾는 국립공원으로 기네스북에 등재되어 있어."

"그래서 사람들이 이렇게 많구먼."

"대도시에서 대중교통을 타고 마음만 먹으면 손쉽게 찾아갈 수 있는, 이처럼 멋진 국립공원이 있다는 사실에 외국인들도 감탄해."

"해가 갈수록 북한산을 찾는 사람들이 느는 것 같애?"

"그만큼 건강에 관심이 많아진 거겠지. 그럴수록 우리 산을 아끼고 보호해야 할 텐데… 걱정이야."

두 사람도 맞다고 고개를 끄덕였다.

곧이어 무장공비 김신조가 숨어있었던 바위굴을 지나 널찍한 반석 위에 반듯하게 잘라낸 듯한 사각형 바위덩어리가 얹힌 사모바위에 다다랐다.

"사모하는 마음이 솟는다."

지호가 농을 건넨다.

"누굴?"

"누군 누구야. 마누라지."

"역시 공처가는 다르네."

정수의 진지한 말에 지호가 표정이 바뀌었다.

"나 공처가 아니야. 애처가지."

"그래 맞아. 술 마시고 가끔 새벽에 들어가는 애주가라서 그렇지 애처가지."

억지로 두 사람이 친구의 의리상 동의해 주었다.

"그리고 이건 연인을 사모해서 사모바위가 아니야."

"그럼 뭔데?"

"우리가 옛날에 입고 쓰던 사모관대와 닮았다고 해서 사모바위야."

"그래?"

"그렇지만 이 바위를 보고 연인끼리 사랑을 다시 한 번 마음에 새긴다면 더 큰 의미가 있을 것도 같으니, 사모하는 마음의 사모라고 불러 주는 것이 더 운치가 있을 것 같기도 해."

세 사람의 동의로 사모바위의 뜻을 두 개로 정했다.

"지질학적으로는 '토어 tor'라고 해."

"토어?"

"오랜 세월 바람에 깎여서 이런 형태가 되었어. 우리가 갔었던 도봉산의 오봉이나 백운대 아래 큰바위얼굴이 모두 같은 형태야."

"역시. 대장은 북한산박사 맞다."

두 친구에게 다시 존경의 눈빛을 받는다.

세 사람이 뒤를 돌아 S라인으로 굽이치는 비봉능선을 바라본 후 승가봉으로 향한다.

사모바위를 지나 능선길을 걷다가 철이가 또다시 급브레이크를
밟고 멈추었다.

"대장. 왜 그래?"

뒤 따라 오던 친구들이 또 한 번 잔뜩 긴장이 되어 걱정스레 묻
는다.

"아냐. 아무 일도 아니야. 잠깐만 있어 봐?"

오른쪽으로 돌린 고개를 다시 되돌릴 마음이 없는지 한없이 한
곳을 응시한다.

"뭐가 있는데?"

"..."

그런데 대답이 없다.

철이가 갑자기 망부석이 되었다.

'안산'

20년 전 순이와 앉아서 지금 걷고 있는 북한산을 바라보았던
그 곳.

멀지만 분명히 보이는, 기억 속에 언제나 밖으로 꺼낼 수 있게
저장되어 있는 '안산의 봉화뚝'.

그 자리에서 순이와 약속을 했었다.

북한산 꼭대기에서 순이의 이름을 크게 불러주기로.

'이렇게 멀리서도, 그때 앉았던 자리가 선명하게 눈에 들어오

다니.'

신기했다.

그리고 강하게 순이의 얼굴이 떠올랐다.

비봉능선을 걸으면서 계속 오른쪽에서 동행하는 안산 인왕산에 별로 마음을 쓰지 않고 무심한 마음으로 걸었다,

그러나 순이와 앉았던 '봉화뚝'이 보이는 지점에서는 발걸음을 뗄 수가 없었고 순간 얼음이 되어 버렸다.

순이의 얼굴이 저 멀리 안산에 걸린 구름을 타고 하늘을 날아올라 이곳 북한산까지 다가오는 듯한 착각이 든다.

그 시절 겨울의 잔 얼음이 남아있던 초봄.

복수초를 찾고 암자 위 전망바위에서 이곳을 바라보며, 비봉능선이 북한산의 전부인 줄 알고 있었던 순이와의 어린 시절이 주마등 되어 스쳐간다.

'아. 보고 싶다.'

'지금 어디서 있을까?'

'이제는 만나러 가야 하는데 어떻게 해야 만날 수 있는 건지?'

'내가 죽어 하늘에 가면 만날 수 있을까?'

사무치는 보고픔도 있지만 걱정도 된다.

무엇보다도

'순이는 나를 생각이나 할까?'

'순이가 나를 만나서 모른 척하면 어쩌지?'

알 수 없는 생각과 걱정이 꼬리에 꼬리를 물고 밀려와 좀처럼 한발자국도 발걸음을 뗄 수가 없다.

늠름한 산대장이 길을 리드하다가 소크라테스처럼 생각의 굴레에 말려들어가 발걸음이 굳어 버렸다. 대장의 슬프고 외로운 표정을 바라보며 친구들은 영문도 모르지만 조용히 기다려 주기로 했다.
햇살은 좀 더 고도를 높여 철이의 뒷모습에 후광까지 비추며 성스러운 철학자의 모습으로 바꿔주고 있었다.
"철이가 철학을 하나 봐?"

○

종신서원

위엄 있는 모습으로 성당 벽면을 차지한 파이프오르간에서 묵직하고 웅장한 울림으로 가슴을 파고드는 선율이 성당을 가득 메운다.

볼프강 아마데우스 모차르트가 '내 귀에는 악기 중의 왕'이라고 칭송한 파이프오르간 선율에 맞춰 제단 앞에 카르멜수녀원의 수녀님들이, 라틴어로 입당송 자비송 대영광송을 부르며 미사가 시작되었다.

이어서 순결을 상징하는 하얀 장미를 왼쪽 가슴에 달고, 두 손을 모아 정성스럽게 촛불을 든 수녀들이 성당에 입장한다.

고딕성당 안에 은은히 울려 퍼지는 맑고 청아한 성가가, 가슴이 뭉클해지는 감흥을 주면서 하느님께 드리는 서원의식을 성스러움으로 승화시켰다.

단아한 수녀들의 모습을 보며 아름답고 존귀하다는 말밖에는 달리 표현할 수 있는 단어가 없다.

8년 동안 지원기, 청원기, 숙련기, 유기서원기를 인고와 기도로 보내고, 마침내 종신서원을 청원하기 위해 수명의 수녀들이 제단 앞에 섰다.

죽을 때까지 수도자로서 하느님께 자신을 온전히 봉헌하고, 평생을 봉사와 희생으로써 이웃을 돌보며 살겠다고 하느님 앞에서 굳은 약속을 한다.

'종신서원'.

의식의 주례자인 주교님이 강론을 끝내고 모관을 받은 후 가운데에 앉았다.

진행하는 수녀님이 '종신서원'을 하는 수녀님의 이름을 한 사람 한 사람 정성을 다해 부른다.

"김 순이 테레사!"

밝은 목소리로 응답한다.

"예! 여기 있습니다."

제대 앞에 살포시 다가가 주교님을 마주 보고 섰다.

곧이어 마리아수녀원 원장수녀님이 서원수녀님들 앞에 서서 반드시 지켜야 할 4가지 사항에 대하여, 또박 또박 한 구절 한 구절을 읽으면서 응답을 받는 엄숙한 약속의 의식이 시작된다.

172

하나. '나 자신의 온 생애를 하느님께 봉헌하기를 원하는지?'

"예, 약속합니다."

둘. '언제나 하느님과 이웃에게 봉사를 다 할 것인지?'

"예. 약속합니다."

셋. '종신토록 수도자답게 생활하며 순종할 것인지?'

"예. 약속합니다."

넷. '선교소명에 기꺼이 응답하겠는지?'

"예. 약속합니다."

4번의 확실한 대답으로 종신서원의 약속을 맹세했다.

엄숙함이 가득 깔려 있는 성당의 분위기지만 맹세를 하는 김 테레사 수녀의 모습은 너무나 맑았고 목소리는 의연했다.

'교회의 유익과 이웃의 필요를 위하여 하느님께 나 자신을 바치고 정결과 가난과 순종의 삶을 서원하나이다.'

오늘은 성모마리아가 아기예수를 낳은 후 40일이 지나 정결례를 치르고 아기예수를 성전에 봉헌한 2월 2일 '주님봉헌일'.

굳은 약속을 하고 제대가 있는 계단을 올라가 '종신서원장'에 서명하고 하느님께 봉헌한다.

이어서 원장수녀님이 성령의 표징으로써 사랑과 충성을 의미하는 반지와 십자가목걸이를 걸어주며 다정한 포옹으로 평화의 마음을 전해 주었다.

주교님과 부모님 그리고 교우들과 인사를 나누면서 '종신서원'

173

의식을 마친다.

마음속에 다시 새긴다.

"제가 받은 사랑이 너무나 크고 헤아릴 수 없게 많기에, 앞으로 주님의 길을 가면서 힘없고 힘든 많은 사람들에게 제가 하느님께 받은 사랑을 나누며 봉사와 희생으로써 평생을 살겠습니다."

우리나라 천주교를 대표하는 국내 최초의 '서울대교구 주교좌' 대성당.

가까이 다가갈수록 더욱 높고 웅장하게 느껴지는 붉은 벽돌과 화강석을 사용하여 프랑스 고딕풍으로 건축하였다.

서울의 최고 중심지 명동에서도 제일 높은 곳에 서 있는 명동성당은 대도시의 도심을 가득 차지하고 있는 거대한 현대건축물에서는 도저히 찾을 수 없는 이국적인 아름다움과 정취를 느끼게 해주는 건물이다.

한국 천주교를 대변함은 물론 격동의 우리 현대사에서 양심과 지성의 보루로 남아 있는 명동성당.

시베리아에서 밀려온 고기압이, 뾰족한 고딕성당의 지붕 위에 푸른 하늘을 더욱 파랗게 채색하면서 높이 밀어 올리고 있다.

유서 깊은 명동성당에서 '김 테레사'수녀가,

로마 교황청에 또 한 명의 수도자로서 이름을 올렸다.

그해 서울에는 세계인의 평화축제인 서울올림픽이 펼쳐졌다.

。

여의도

"실장님. 객장을 라운드(Round)로 하면 어떨까요?"

"라운드요?"

"우리 한번 획기적인 변화를 줍시다."

"..."

"각진 객장은 무언가 고객들에게 딱딱한 분위기를 보여주는 것 같아, 내 생각으론 곡선의 부드러움을 가미하여 친근감 있게 카운터를 꾸몄으면 좋겠네요."

"지점장님. 본부에서 아무 말 없을까요?"

"요즘 국제무역 체제도 라운드가 지배하는데, 우리는 객장이라도 세계 흐름에 맞추자고 본부를 설득해 보겠습니다."

"무슨?"

"아. 예. 우루과이라운드(Uruguay Round)."

"하하~. 역시 지점장님은 멋지십니다."

대한민국 금융의 중심. '여의도'.

그간 명동과 소공동에서 높은 빌딩은 거의 금융기관 건물이었는데, 수년 전부터 은행, 증권회사, 투자회사들이 하나둘 모여들었다.

지금은 우리나라 굴지의 기업들과 IBM이나 HP같은 세계적인 다국적기업들도 앞 다퉈 여의도에 둥지를 틀고 있다.

2차 세계대전 후 탄생한 '국가 간의 관세 및 무역에 관한 협정'인 'GATT' 체계가 더욱 강화되어, 우루과이라운드(UR)가 금년 말에 곧 타결될 전망이다.

세계 각국이 모여 UR협정에 서명을 하려 한다.

곧이어 세계무역기구인 WTO를 창설하여, UR협상의 이행여부를 감시하고 판결하는 사법부 역할은 물론 판결에 대한 강제 집행권도 행사할 것으로 보인다.

지금까지 아무도 경험해 보지 못했던 새로운 국제무역 환경이 조성되어, 국가 간에 '국경 없는 무한경쟁시대'가 도래한 것이다.

WTO 체제의 출범을 앞두고, 가장 치열한 생존경쟁을 벌이는 분야가 '금융'이다.

따라서 세계 각국의 유수한 은행들이 거대한 자금력과 금융노하우를 갖고 속속 여의도에 거점을 확보하고 있다.

여의도가 국내를 넘어서 일본의 동경과 동남아시아의 싱가폴처럼 '아시아의 금융 허브'로 국제적인 위상이 점점 높아지고 있는 것이다.

하루가 멀다하고 신축되는 고층건물들은 여의도를 세계 금융의 메카 '월가'를 연상하게 만든다.

여의도가 아직은 금융기법과 자금력이 많이 열세인 국내은행들이 세계굴지의 은행과 무한경쟁을 벌여야 하는 격정의 현장이 된 것이다.

UR협정의 타결을 코앞에 두고 철이가 젊은 나이에 지점장급으로, 여의도에 개설준비위원장으로 부임했다.

국경 없는 무역의 세계화와 막강한 외국 투기자금이 활보하는 금융의 중심지에서 일개 은행의 여의도지점은, 여타 다른 지점과는 차별되는 상징성이 있었다.

이러한 여의도 금융환경에서 조기에 기반을 잡으려면, 무역과 금리에 대한 확실한 업무지식은 물론 적극적인 섭외능력과 과감한 결단력을 필요로 했다.

'이 지점장'.

철이가 여의도에서 한판 승부를 펼치려 입성한 것이다.

그간 명동에서 주로 무역업무와 자금 분야를 맡아 왔고, 수년 전에는 런던 소재 외국 은행에 몇 개월간 해외연수도 다녀왔던 경력이 '이 지점장'이 '여의도 개설준비위원장'이 되게 한 이유였다.

그의 어깨에 내려진 주 임무를 한구절로 정리하면 '건실한 업체

177

를 신규 발굴하여, 수신고와 외환실적을 확대하여 이익의 극대화를 도모'하는 것이었다.

외환도 단순한 Local거래는 의미가 없고 Master수출입 거래와 T/T와 환전 같은 direct거래만 추구해야 했다.

말로는 간단히 정리할 수 있겠지만 몇 년 전부터 수많은 국내외 은행들이 여의도에 뿌리를 내리고 있는 현실에서, 펼쳐질 앞길은 그렇게 만만치가 않았다.

무엇보다도 여의도라는 중요한 지역에 부정적인 여론을 무시하고 과감하게 젊은 지점장을 발탁해 준 높은 분의 기대에 부응하기 위해서라도, 무언가를 보여주어야 한다는 중압감은 말로 표현할 수 없는 무게로 어깨를 눌렀다.

'믿음은, 책임감을 주고 중압감을 선사했다.'

지점개업을 목전에 두고 여러 생각을 머리에 가득 담고, 중식 후 운전기사를 지점으로 돌려보내고 시간을 내어 잠시 여의도 고수부지를 찾았다.

가을에 접어들면서 하늘만 높고 파래지는 것이 아니라, 유유히 흐르는 한강도 깊고 파랗게 변해 갔다.

고수부지에 가꾸어진 수목들은 저마다 빨강 파랑 녹색의 '빛의 삼원색'을 보담고 합성하여, 초록의 여름 잎을 그들 나름의 고유한 가을 색으로 형형색색 물들일 준비를 마치고 있었다.

가을은 진한 색감을 갖고 사람들 곁에 성큼 다가왔다.

'과연, 내가 이 지점을 잘 꾸릴 수 있을까?'

'만약 실적이 부진하면 어떡하지?'

'어떤 전략을 펴야 하나?'

'잘 되겠지?'

혼자 말을 주고받으며 고수부지 강가를 걸으며 내면의 자기와의 대화를 시도하며 삼매경에 젖었다.

한참을 걷다가 찌리릭~ 귀에 닿는 경쾌한 새소리에 하늘을 쳐다본다.

푸른창공 높이 날아오른 비둘기가 힐끔 내려다보며 미소를 짓는다.

'비둘기는 높이 날아오르니 세상을 넓게 보겠지.'

생각이 여기에 미치자 머릿속이 밝아졌다.

'아. 나도 좀 마음을 창공에 날려 세상을 넓게 보자.'

'맞아. 지금 시도하지도 않은 일을 걱정할게 아니라, 시도해 본후 결과가 안 좋았을 때 걱정을 해야지.'

'인생을 무어 그리 어렵게 생각할 게 아니라, 후회 없이 할 수있는 노력을 하고 최선을 다해 보자.'

잔잔히 흐르는 강물과 파란 하늘을 올려다보며 팔을 양쪽으로힘차게 벌리고 심호흡을 한다.

가슴까지 깊이 들어온 상쾌한 공기가 평온을 가져왔다.

문득 걸음을 멈추었다.

고수부지 강가에 꽃이 피었다.

키가 1미터는 족히 넘을 듯한 큰 야생화.

코스모스 군데군데 피어있는 한구석에 존재감을 나타내는 우리나라 꽃.

'벌개미취'.

'참취'와 더불어 '취'자 계열의 꽃의 대표 꽃.

취나물을 선사하는 꽃.

그런 유사한 표현보다는 더욱 더 가슴에 깊이깊이 남아있는 꽃.

안산 봉화뚝.

'순이의 꽃'.

벌개미취의 예쁜 꽃술 사이에서 순이의 천진난만한 화사한 얼굴이 점점 가까이 다가온다.

그리고 고개를 들어 북쪽 저편을 바라보았다.

안산과 북한산.

'지금 무엇을 하고 있을까?'

'벌. 개미. 취'

은행의 영업점을 그 당시로는 획기적으로 구상하여 각진 원목 카운터가 아닌 대리석라운드 카운터로 레이아웃을 하여 다른 은행 점포와 차별을 주었다.

유난히도 무더웠던 여름이 가고 포도위에 낙엽이 하나 둘 바람에 날리는 가을의 문턱을 넘을 때, 자본시장의 상징 증권거래소 앞에 여의도지점이 문을 열었다.

개점 후 정신없이 며칠이 흘러갔다.

개점 전 적극 섭외를 한 결과 개업오픈 성적은, 수신고 외환실적 등 평가항목들을 만족할 만한 수준으로 끌어올렸다.

상부로부터 격려금도 두둑이 받아 40명이 넘는 직원들과 자축도 하면서 금융중심지에서 근무한다는 자부심도 불어넣어주고 다시 호흡을 가다듬었다.

그러나 일시적인 실적으론 지점의 안정적인 기반을 다지는 데는 한계가 있었다.

따라서 굴지의 다국적 외국기업을 외국계은행으로부터 유치하는 것이 절대적으로 필요하다고 결론을 내리고, 무리하지만 가진 역량을 다 퍼부어 할 수 있는 모든 일을 하면서 부딪쳐 보기로 했다.

예금을 포함한 수신고는 그간 인간적으로 닦아 온 중견기업과 여의도에 본사를 둔 건설회사에서 수시로 여유자금을 예치해 주었다.

연간 수신평잔 실적을 이미 달성하였기에 매달 평가하는 수신

실적점검에는 신경을 쓸 게 없어서 오직 건실한 다국적기업을 1개만이라도 신규 유치하기 위해 총력을 경주했다.

1개 업체를 목표로 정했다.

저인망식 작전을 폈다.

상층부와 만나기에 앞서 우리 직원들이 가장 일선에서 실무자로 일하는 직원들과 친근감을 맺게 했고, 업무추진비도 풍족하게 지급하면서 중간관리자인 대리, 차장에게는 그쪽 중간관리자와 자주 만남의 자리를 가질 것을 유도해 갔다.

수개월간 이러한 노력이 드디어 빛을 발휘하여 우리은행이 친절하고 직원들이 적극적이고 업무충실도가 높은 은행으로 그들에게 자리매김하게 되었다.

객장과 응접실은 다국적기업 직원들의 모습이 쉽게 눈에 띄게 늘어간다.

이렇게 서서히 믿을 수 있는 은행으로 각인되어 갈 때 대상기업의 CFO와 국내 CEO를 면담하게 되었다.

세계적인 컴퓨터전문기업 답게 국내에선 중앙정보부 직원들이나 갖고 있을 법한 ID카드를 두세 번 check-in 한 후 면담장에 들어갈 수 있었다.

안내를 받으면서 문을 열고 들어가는 순간 또 한 번 새로운 세계에 들어 온 듯 생소함에 긴장이 밀려온다.

중앙에는 커다란 스크린이 영화관처럼 벽을 차지하고 있고, 길

다란 원통형의 넓은 테이블에는 각 자리마다 최신형 모니터가
놓여져 있었다.

"Welcome!"

"Nice to meet you."

이 정도는 알아들을 수 있으니 같이 인사를 건네고 테이블 양쪽
중간에 마주 앉았다.

우선 회사소개부터 브리핑을 받는다.

잠시 후 또다시 선진화기법에 주눅이 들었다.

3D로 구현하는 회사에 대한 짜임새 있는 소개에 '왜 미국이 강
대국이 되었나?' 하는 의문이 해소되면서, '어떡하든 이 회사를
우리은행에 꼭 유치를 해야겠다'는 직업본능도 강하게 되살아
났다.

본사는 미국 내 CA의 주도인 '세크라멘트'.

아시아총국은 '싱가폴'.

동아시아분국은 '홍콩'.

여기까지만 해도 다국적기업의 조직력에 머리가 숙여지는데 한
술 더 뜬다.

'뚜 뚜 뚜 뚜…' 하더니

갑자기 화면에 싱가폴 총국의 담당자가 나왔다.

영화에서 보았던 위성대화를 시도하는 것이었다.

곧이어,

본사 세클라멘트와 홍콩의 거점 담당자가 나오면서 다인 대화가 시작된다.

다소 떨리는 마음을 애써 몸 구석에 꽉 붙잡아 매고, 서투른 영어지만 확실한 발음으로 표현 가능한 수사어구를 동원하여 은행의 소개부터 진지하게 담당자들에게 설명하였다.

우리 은행과 거래가 개시된다면, 다른 은행과 차별성 있는 유리한 거래조건의 장점을 중점 부각하고, 특히 직원들이 자금이 필요할 때 아주 유리한 조건으로 담보가 아닌 개인 신용만을 갖고 직급별로 일정액을, 회사의 확인만 거치면 손쉽게 대출을 해 줄 수 있다고 제안하였다.

더하여 직원들이 해외 출장이 많은 회사임을 착안해서, 외화 환전 시 환전수수료와 송금수수료의 spread를 최소한으로 할 것도 제시하였다.

혹 회사가 국내에서 자금이 필요할 때에는 필수 경비만 얹어 거의 prime rate에 근접하는 이율을 적용할 것도 약속하였다.

Master 무역 거래에도, L/C base만 고집하지 않고 D/P나 D/A의 무신용장거래에도 한도를 충분히 제공할 것이며, 국제금리도 상황에 따라 뉴욕시장의 선물금리를 적용할 것을 제안하였다.

이렇게 장시간 미팅을 끝내고 화면상 본사와 총국 분국의 담당자와 거래개설의 구두합의를 한 후, 향후 거래의 원활한 이행을 위해서 국내 CEO와 소위 MOU를 작성하여 서명함으로서

업무미팅을 끝냈다.

기업 하나 유치하는데 흔치 않는 MOU까지 작성했다.

사옥의 회전문을 나오면서 여러 감회가 밀려왔다.

'드디어, 해 냈다'는 성취감도 컸지만, '과연, 우리 직원들이 아니 우리 조직이, 이 거대한 첨단기법을 사용하는 다국적기업의 업무를 원활하게 수행해 줄 수 있을까?' 하는 의구심에 걱정이 앞섰다.

무역거래의 현대적 기법은 연수를 통해 배워 가면 되지만, 아직은 국내은행들이 국제금융시장에선 신용도도 낮고, 국가 외환보유고도 그렇게 좋지 못한 실정에서 달러를 적기에 공급할 수 있을지가 크게 걱정되었다.

그러나 이 거래 유치 하나로 다국적기업과 신뢰를 쌓는다면, 은행전체 위상도 한 단계 UP되는 좋은 계기가 될 것은 틀림없는 사실이었다.

본부차원에서 전폭적인 지지와 후원을 해 줄 것을 이미 사전 내락을 받은 상태이기에 이 모든 걱정과 염려가 부디 기우이기를 바랐다.

이 지점장의 열정이 은행의 '새로운 도약'의 출발 시점에 디딤돌을 놓은 쾌거를 이룬 것이었다.

작은 토종은행이 막강한 외국계은행의 영역에 교두보를 확보했다.

한 해를 넘기고 다시 찾아온 봄.

연이어 숨 가쁘게 전개된 미국, 싱가폴, 홍콩 출장을 통한 실무
업무협의를 마쳤다.
드디어 무역금융 한도 약 7억 불의 다국적 기업의 첫 신용장이
국내 토종은행에서 열리면서 외환거래의 서막이 시작되었다.
컴퓨터 관련 IT산업이 도약을 준비하는 시기이고, 국제간의 상
품과 자본의 무한경쟁시대를 예고하고 있는 WTO체제가 바로
눈 앞에 닥친 시점이었다.
'이 지점장'의 여의도지점이 국제금융 중심지로 나아가고 있는
여의도에서, 확실한 입지를 굳히게 된 것이다.

첫 신용장이 열리던 날.
이 지점장은 코스모스는 흔적도 없이 사라지고 벌개미취가 땅
에 뿌리를 내려 새순이 돋으면서 확실하게 자리를 잡은 고수부
지를 다시 찾았다.
청명한 하늘 아래 한층 가까이 다가와 있는 안산을 바라본다.
'신토불이'
그리고
'벌. 개미, 취'

케냐

복사열이 공항 아스팔트를 뜨겁게 달구고 있다.

'아, 여긴 왜 이렇게 뜨겁지?'

혼자 물음에 명확한 답이 나온다.

'여긴 아프리카구나!'

적도 아래 고원지대 케냐의 수도 나이로비의 조모케냐타 국제공항에 내려 아프리카에 첫발을 내딛는다.

공항건물은 우리나라 지방공항 수준이지만 관광의 나라답게 많은 비행기가 뜨고 내리느라 분주하다. 비행기에 오를 때 황열병주사도 맞았고 말라리아약과 모기약도 가방에 챙겨왔기에 검색대를 지체 없이 통과했다.

입국 수속을 마치고 로비에 들어서니 피켓을 들고 마중 나온 흑인남자에게 다가가 인사를 나누었다.

"어서오세요. Welcome!"

한국말로 인사를 곁들이며 반갑게 맞이한다.

허름한 4기통엔진 차에 올랐다.

'케냐의 어머니'라 불리는 '유 루시아 수녀'의 행적에 감명을 받아 해외 선교봉사를 아프리카 케냐를 지원했다.

케냐는 기독교와 가톨릭 신자가 국민의 대다수를 차지하고 있기에 거부감은 없었다.

빈부의 차이가 크고 자원이 부족하다 보니, 많은 국민이 헐벗고 굶주리는 생활이 일상화되어 있어 세계 각국에서 많은 봉사단체가 들어오고 있었다.

특히 의료분야는 먹고사는 것이 우선인 이 나라의 사정상, 무어라 말로 표현하기가 민망할 정도로 낙후되어 있었다.

대도시가 아니면 아파서 병원을 찾는다는 것이 거의 불가능에 가까웠다.

김 테레사 수녀는 호수 가까이에 있는 고아원에 배속이 되었다.

처음 이곳 아이들을 대면할 때 큰 충격을 받았다.

돌봄이 부족한 아이들은 피골이 상접했고 아프지 않은 아이가 이상할 정도로 거의 모든 어린이들이 질병을 갖고 산다.

머리에는 곰팡이가 가득하고, 귓속의 죽은 벌레를 꺼내야 하는 일도 심심찮게 있었고 강한 모래바람에 아이들이 눈병이 나서 한쪽 눈을 실명한 아이들도 상당수 있다.

맨발로 생활하는 것이 일상화되어 있어서, 발바닥을 보면 하나

같이 성한 곳이 없을 정도로 상처가 깊게 나 있었다.

맨발로 뛰어 다니다가 맹독성벌레에 물려 죽거나 독에 중독되어 누워있는 일들이 자주 발생했고, 강한 햇살과 비위생적인 환경으로 음식의 부패가 빨라 배탈, 설사를 항상 안고 살아간다.

거리에 내버려진 어린아이들을 데려다 키우는 고아원에는 본드에 중독된 아이들도 상당수 머무르고 있었다.

너무나 배가 고파서 배고픔을 잠시라도 잊으려고 냄새를 맡다 보니 중독이 된 어린이들이었다.

무엇하나 제대로 먹고 자고 배우며 정상적으로 살 수 있는 여건이 전혀 안 되어, 하느님의 절대적인 사랑이 간절히 필요한 곳이었다.

거리에 나가면 구걸이나 재생용품을 주우며 생활하는 아이들을 쉽게 볼 수 있다.

케냐에 오기 전 원장수녀님이 말했다.

"우리나라도 6.25 전쟁 후에는 케냐보다 더했는데도 여러 나라에서 도움을 받았으니, 이제 우리도 남을 도와 주어야 한다."

그러시면서 사랑은 기쁜 희생을 전제로 한다고 덧붙이셨다.

기쁘게 웃으면서 봉사를 하라는 말씀으로 가슴에 새겼다.

강가를 끼고 있다 보니 주민들의 직업은 거의 어부이고 여자들은 강에서 빨래를 하며 가사 일을 담당하고 있었다.

그러나 여러 사람들이 흘러 들어와 잠시 머물다가 가는 강의 포구라는 특수성 때문에 오가는 어부들을 상대로 몸을 파는 사창가도 많았다.

이곳에서는 돈이 없어 피임약도 제대로 구할 수 없는 실정이라 대책 없이 아이를 낳아 길에 버려진 아이들을 자주 볼 수 있었다.

이런 이유로 성당과 수녀원에서 운영하는 고아원도 상당수 있다.

신부와 수녀의 역할은 아이들이 본드 같은 환각제를 끊을 수 있게 많은 고생을 해 가며 돕기도 하고, 아이들에게 공부에 대한 욕구를 불어넣어 주고 학교에도 보낸다.

이곳 출신이 학교에서 전교 1등을 하는 사례도 생겼다.

이러한 환경 속에서도 신기한 것은 아이들의 표정이 맑고 밝으며 쾌활하다는 것.

처음에는 대화도 안 통하고 여러 가지 적응을 못해 힘들어하는 김 테레사 수녀를 아이들이 오히려 서툰 영어로 위로해 주고 기다려 준다.

그래서 깨달았다.

'물질은 인간의 행복에 절대적으로 필요한 것이 아니다'라는 것을.

고개를 잠시 돌려 주위를 살펴보니 세상은 누구를 도와주는 것이 아니라, 서로가 서로를 의지하며 살아간다는 것을 알았다.

이곳에서 하는 일이 봉사활동이 아니고 나를 위한 일인 것을 알게 된 것이다.

결과가 늦더라도 시간을 재촉하지 않고 여유를 갖고 기다리니 모든 일이 순리적으로 해결됨을 경험하면서 여유로움 속에 시간을 즐기는 법도 배웠다.

그러다 보니 이곳에 봉사활동을 하며 헌신하러 온 것이 아니었다.

하느님의 사랑 안에서 현실을 사랑하고 이해하고 기다리는 법을 알아가면서, 자신의 모습을 조금이라도 주님에 더 다가가게 하는 교육장이 되었다.

케냐는 하느님이 창조하신 원시자연의 모습이 아직 생생히 남아 있는 곳이었다.

동부는 인도양에 접해 있고 서쪽으로 길게 펼쳐져 있는 고원지대는 야생동물이 서식하기 좋은 환경을 가지고 있기에, 국립공원에 가면 코끼리 사자 기린 얼룩말 같은 동물이 자연 상태로 살아가는 것을 볼 수 있었다.

이러한 꾸밈없는 야생의 세계를 보기 위해 해마다 수많은 관광객이 몰려오고 관광수입은 국가재정의 한 축을 담당하고 있다.

김 테레사 수녀도 이곳에 와서 키가 기다란 기린이 뜀을 뛸 적에 그렇게 우아하게 달리기를 하는 걸 처음 보았고, 얼룩말과 코끼리들이 노니는 너무나 평화스러운 대초원의 풍경도 체험했다.
원숭이들은 어디를 가도 인간과 같이 있었고 사자는 사람에게
아무 때나 달려들지 않는다는 것도 알았다.
문득 철이 오빠의 모습이 나타난다.
숙제를 하러 가서 세계지도를 그려 주던 오빠가 물었었다.
"순이야. 너는 어디가 가고 싶어?"
거침없이 크게 대답했었다.
"아프리카!"
지워지지 않는 기억이 생생히 다시 살아난다.
세월의 저편, 어릴 때 꼭 보고 싶었던 기린이며 얼룩말을 가까
이에 두고서 이렇게 아프리카에서 살고 있다는 사실이 실감이
안 났다.
석양이 서쪽 하늘을 찬란하게 물들이면서 지는 태양과 겹쳐 철
이 오빠의 얼굴이 지평선에 걸려 있었다.

두 손을 모은다.
"사랑의 하느님. 철이 오빠에게 시련과 힘듦을 주지 마시고 항
상 은혜의 손길로 감싸 주셔서 행복하게 살아가게 축복해 주옵
소서."
언제나 그랬듯이 오빠를 위해 기도했다.
그렇게 5년이 흘러갔다.

○

New Millennium

KOEX 한쪽 전시관.

꽤나 넓은 전시관에 많은 사람들이 단상을 바라보고 의자에 앉아있다.

두 새내기 부부가 주례 앞에 단아하게 서 있는 결혼식장.

주례사가 시작된다.

"며칠간 매서웠던 추위도 수그러들고 찬바람도 소리를 죽였습니다.

하늘도 겨울 날씨답지 않게 마냥 푸르고 높아 천고마비의 계절 가을을 무색하게 하고 있습니다.

오늘은 축복 받은 날임에 틀림없는 것 같습니다.

지난 2년간.

우리 민족이 한 번도 겪어보지 못했던 IMF라고 불리는 국가 부도의 국난을, 온 국민 모두가 힘을 모아 세계적으로 유례가 없을 정도로 짧은 시간에 외환위기를 극복하였습니다.

따라서 다가오는 새천년의 새해를 희망과 설렘으로 맞이할 수 있게 되었습니다.

'나라를 살립시다. 금을 모으자!'라는 구호와 함께,

금 모으기 행사에는 코 흘리게 어린아이부터 백발이 성성하신 어르신들까지 집안 구석구석에서 찾아낸 금붙이를 들고 참여했습니다.

이 광경을 보는 세계인들은 한국인의 저력에 놀랐고, 우리 모두는 갈등과 원한을 풀고 하나가 되는 기적의 주인공이 되었습니다.

오늘 제 앞에 서 있는 주인공들에게 새삼 고마움을 표합니다.

결혼의 증표로 주고받는 반지가,

요즘 사람들이 선호하는 '다이아몬드'가 아니고 순금입니다.

물론 혼수비용이 많이 들어서가 아닙니다.

제가 제안했습니다.

국가나 개인적으로 유사시를 대비해 유동성과 환금성이 좋은 '순금'으로 하는 것이 어떠냐는 저의 실용적인 제안을 흔쾌히 받아 주어서입니다."

"하하…"

정숙했던 식장에 웃음소리가 흘러나왔다.

IMF강의로 잠시 긴장되었던 식장의 분위기가 웃음으로 반전

되었다.

잠시 뜸을 들이고 주례사가 계속된다.

"새로운 천년을 앞에 두고 새 출발의 첫걸음을 내딛는 한 쌍의 부부에게 하늘은 화창한 날씨로 축하의 메시지를 전하였고, 대한민국은 국가채무의 무거운 멍에를 내려놓아 주었습니다.

또한 내년은 60간지의 17번째인 '경진년'입니다.

'경'은 '백'이므로 며칠 있으면 '백룡의 해'가 됩니다.

다 아시는 바와 같이 용은 기본적으로 하늘을 날 수가 있습니다.

그중 백룡은 특히 하늘을 날아가는 속도가 빨라서 이것을 타면 다른 용이, 말 그대로 아무리 용을 써도 쫓아오지 못한다고 합니다.

그런 백룡이 무언가를 토해내면 그것이 황금이 된다는 이야기도 전해지고 있습니다.

분명 오늘 출발하는 이 두 사람은

빠른 속도로 하고자 하는 일을 이룰 것이고

물질적으로도 풍족한 삶을 살리라 확신합니다.

신랑은 저의 학교 후배이고 직장에선 부하 직원이었습니다.

다른 분들의 주례사를 잠시 빌리겠습니다.

서울의 유명 상고를 졸업하고 대학을 나온 후 은행에 입행하여 동료들에게는 신의를 받들고 후배들에게는 존경을 받는 성실하고 장래가 촉망되는,

경진년을 기다리다 인연을 이제서야 만난,

나이는 조금 많은 젊은이입니다."

"하하…"

다시 식장에 웃음소리가 들린다.

주례사가 이어진다.

"오늘 이 자리에서 그 누구보다도 제일 아름답고 어여쁘신 신부
를 짧은 시간에 소개하기는 너무 부족해서 생략하겠습니다.

단지 한 가지, 한 남자를 찾아 호주에서 태평양을 건너와 사랑
하나 가지고 이 자리에 선, 이 시대의 살아 있는 순애보의 주인
공입니다.

부디 사랑하는 후배와 어여쁘신 신부에게 당부 드리고 싶은 말
이 하나 있다면,"

잠시 뜸을 들인다.

곧 두 사람을 내려보고 눈을 맞춘 후

"어떠한 일이 있어도 서로 욕하지 말고, 아무리 마음 상하는 말
을 해도 5분간만 묵묵히 들어주길 바랍니다.

5분입니다.

5분을 참으면 5시간을 참을 수 있고, 5시간을 참으면 50년을
참을 수 있습니다.

그래도 끝내 마저 하고 싶은 말이 남아 있다면

50년 후에 진지하게 말해 보세요.

다시 한번 이 성스러운 예식의 주례로써 강조하지만,

한마디는 꼭 잊지 말고 기억해 주길 바랍니다.

5분!

5분입니다."

주례사가 끝났다.

신랑보다 그렇게 나이가 많지 않을 것 같이 보이는 주례의 색다른 주례사는 참석자에게 5분이라는 숫자를 마음에 깊이 남겼다.

넓은 KOEX에 차려진 예식장 문을 나서며 하객들이 주고받는 말.

"오늘 무언가 좀 배운 것 같지 않아?"

"밀레니엄?"

"아니, 백룡과 황금이 난 맘에 들었는데."

"아냐. 무엇보다도 5분이지."

"5분!"

며칠 후.

1999년의 마지막 날.

한해가 간다는 의미와 더하여 1900년대가 기억 속으로 사라지는 마지막 날.

장식트리가 반짝이며 세모의 분위기를 고취시키며 세월의 가고 옴을 알리는 김포공항 국제선 입국장.

검은 피부의 사람들에 휩쓸려 단정한 검은 베일을 쓴 수녀 한 분이 사뿐하고 빠르지 않은 발걸음으로 여행 가방을 밀고 조용히 나온다.

새로운 천년이 시작되기 하루 전이라 그런지 뜨고 내리는 비행기로 활주로는 분주하고 터미널 청사는 떠나는 사람과 들어오는 사람에 더하여 마중과 배웅 나온 사람들이 합세하여 혼잡함이 어느 세일하는 백화점 같다.

IMF 이후에 국가가 정상궤도에 진입하니 외국인의 입국도 잦아졌지만 연휴를 맞아 출국하는 국민들도 더욱 많아졌다.

얼마 안 있어 동북아시아 허브 공항을 목표로 인천 영종도에 건설 중인 국제공항이 완공되면 이런 풍경도 옛 추억이 되어 기억의 한 페이지로 남겠지만.

"테레사 수녀님. 반갑습니다."

몇 명의 같은 복장의 수녀님들이 마중을 나왔다.

"할 일 많으실 텐데 자매님들이 이곳까지 나오시고 고맙습니다."

검게 탄 얼굴이지만 건강미가 넘치고 밝고 밝은 미소로 정겨움이 넘친다.

"많이 수고하셨어요."

"아니에요. 제가 하느님의 마음을 많이 알게 되어 기쁘고 행복하고 보람되었어요. "

혼잡한 공항 대합실을 나왔다.

눈앞에 펼쳐지는 조국의 산야가 너무 정겹게 다가온다.

그동안 눈에 익었던 넓은 초원과 뜨거운 햇살 아래 느린 미학의
케냐와 조국의 풍경은 확연히 달랐다.

빠르고 바쁘게 움직이는 활기참이 생동감으로 다가왔다.

아스라이 선을 그리는 산그리메와 어우러져 몸속에 간직한
DNA가 어머니 땅의 포근함과 안락함을 감지한다.

우아하게 뛰는 기린과 평화스럽게 노는 얼룩말보다도 꼬리를
물고 오고 감을 반복하는 차들이 오히려 평온함을 주는 것은,
같은 피부에 같은 말을 쓰는 내 고향에 왔다는 안도감과 편안함
이 있어서이다.

무엇보다도 깨끗한 날씨에 가까이 다가와 있는 북한산이 밝은
미소를 보내며 고국 땅을 밟는 수녀님을 반기고 있다.

잠시 그곳 사람들이 성스러운 산으로 생각하는 케냐의 남쪽에
있는 킬리만자로와 북한산을 대비해 본다.

킬리만자로는 산 오름이 힘들어 장비를 갖추고도 아무나 쉽게
들이지 않지만, 북한산은 언제나 어머니의 품속처럼 누구나 쉽
게 안길 수 있으니 더욱 소중한 산이라고 결과를 내었다.

또한 유유히 흐르는 푸른 한강을 따라 강변도로를 달리는 차 안
에서 올려다보는 하얀 눈에 소복이 덮인 하늘 노을공원의 정경

이, 오르지 못하는 킬리만자로의 만년설보다도 더 멋지게 다가
왔다.

차가 시내에 접어들면서 그간 그리웠던 안산, 인왕산에게도 반
가운 마음을 전하고, 북한산자락에 고즈넉하게 자리한 마리아
수녀원에 닿았다.

새로운 Millennium을 맞는 마지막 날.
김 테레사 수녀님이 5년 만에 북한산에 들었다.

보현봉

"야. 죽겠다. 천천히 가자."

"쟤 또 엄살로 시작하네. 넌 산을 기어서 가냐. 빨리 걸어!"

"나 어제 송년회 술을 많이 마셔서 그래."

"너 자꾸 그러면 버리고 간다."

"뭐? 이렇게 깜깜하고 추운 날 버리면 어떡해?"

찬바람이 옷을 파고들어 찬 기운이 온몸을 감싼다.

그래도 산을 오를수록 냉기는 점점 가시고 땀구멍에선 분출의
신호가 감지된다.

2000년 밀레니엄의 첫날.

어둠이 짙게 깔린 평창동 북한산의 초입.

뜻깊은 새 천년을 맞이하여 북한산에서 기가 제일 세다는 보현
봉을 오른다.

삼총사가 해마다 몇 번씩은 산행을 같이 해 왔기에 서로의 체력
이나 담력을 훤히 알고 있지만 지호는 항상 엄살로 시작한다.

요즘 들어서는 성수도 가끔 힘들다고 하소연을 할 때도 있다.

지호야 성격상 그렇다 치고 성수는 3년 전 외환위기를 겪으며 외환관리의 주무부처로 일하며 잦은 야근과 휴일근무로 몸이 많이 상한 것 같다.

부서의 이름도 굴곡이 심해서 '경제기획원'에서 예산기획을 떼어주고 '재정경제부'로 바뀌었다.

IMF의 외환위기가 기획원 탓인 양 여러 사람에게 책망도 많이 받고 눈치를 보며 사느라 말수까지도 많이 줄었다.

이와 다르게 지호는 정부의 시책을 질타하는 국회에서 근무해서 그런지 목소리 톤은 더욱 높아진 것 같다.

누구의 말마따나 정부의 정책시행이 잘못되면, 책임질 일 없이 큰소리만 칠 수 있는 국회의원이 제일 좋은 직업이라더니 국회 사무처 직원도 예외는 아닌 것 같았다.

"왜 이 봉우리가 북한산에서 제일 기가 강한 거야?"

"풍수지리상 한양의 진산인 북한산의 기가 이 곳에 모인다고 해."

"정도전도 이곳에 올라 한양을 도읍지로 정했고, 여기는 무속인들이 많이 찾아와서 터를 잡고 밤도 새우고 굿도 하고 그래."

보현봉은 서울시내 어디서든 보이는 봉우리이기에 철이도 어렸을 때는 순이와 같이 안산에서 북한산을 바라다보면서 최고봉이 이 봉우리인 줄 알았었다.

보현봉은 6개의 상아를 가진 코끼리를 타고 자비와 사랑을 베

풀며 석가모니불을 오른쪽에서 협시하며 중생을 구원하는 보현
보살의 이름을 붙였다.

오르는 길 왼쪽에는 대남문을 사이에 두고 지혜의 문수보살의
이름을 딴 문수봉이 대칭을 이루고 있다.

새로운 천년을 보현봉에서 맞으려는 사람이 많은지 어둠 속에
등산객들의 모습이 군데군데 눈에 띄었다.

평상시에도 많은 사람들이 이곳을 찾아오지만 무엇보다도 무
속인들이 밤을 새워 가면서 머무는 경우가 잦아 자연 훼손이
심각하여 조만간 국립공원관리공단에서 등산로를 폐쇄한다고
한다.

이마에 얹은 랜턴으로 길을 찾으며 사자능선을 오른다.

"이 능선을 왜 사자능선이라고 하냐?"

"나중 밝을 때 보면 지금 오르는 봉우리 두 개가 사자의 머리와
비슷하다고 해서 그렇게 불러. 숫사자와 암사자봉."

서서히 여명이 밝아오고 랜턴 불을 꺼도 길이 보인다.

어둠과 여명을 뚫고 7시40분에 보현봉 정상에 섰다.

대한민국 수도 서울의 불빛이 우주에서 보는 아름다운 '블루마
블'처럼 여명 속에서 반짝이며 온 시가지를 보석처럼 수놓고,
낮게 구름이 깔린 동쪽 하늘에선 새천년의 햇님이 용틀임을 준
비하고 있다.

동쪽 하늘이 빨개지는가 싶더니 금세 해가 떠올랐다.

찬란한 빛줄기를 대지에 뿌리며 새천년 백룡의 해 '경진년'의 시작을 알린다.

2000년이 밝았다.

동쪽 낙산, 아차산부터 남산, 북악산, 인왕산, 안산, 백련산이 띠를 이루며 서쪽으로 뻗어 있고, 좀 더 멀리는 강남과 여의도 너머 청계산 관악산의 산그리메가 서울의 외곽을 감싸고 있다.

북쪽으로는 북한산의 주봉 백운대와 인수봉 만경대가 삼각산을 이루고 노적봉과 용암봉이 아래를 바치고 있으며 더 멀리는 도봉산의 모습이 보인다.

'이런 훌륭한 조망 때문에 기가 제일 강한 건가?'

의문이 든다.

서쪽으로 고개를 돌려 마음속에 숨겨 놓았던 이름을 부른다.

"순이,"

다시 한번 더.

"순.이.야!"

그리움이 쌓여 간다.

'순이는 지금 어디에 있을까?'

북한산에 오를 때마다 거르지 않고 생각나는 이름을 마음에 다시 담았다.

보현봉에서 발걸음을 돌려 대남문에서 잠시 머물며 가볍게 요기를 하고 북한산성 성곽길을 따라 걷는다.

보국문을 지나 조심 칼바위를 탔다.

냉골 방향으로 내려와 산자락 끝나는 지점 민가에 접어든다.

넓은 땅에 담 쳐진 건물을 끼고 돌았다.

안쪽 깊숙이 자리 잡은 제법 커다란 대문 오른쪽에 걸려 있는 건물의 이름이 적힌 간판을 흘낏 쳐다보았다.

오래된 간판에 바탕과 글씨가 보색이 잘 안되어 희미한 글자는 또렷이 읽을 수는 없지만 6글자 중 중간의 한 글자는 확실한 것 같다.

언뜻 흘겨 본 글자는

'수' 자였다.

별 의미를 안 두고 그냥 고개를 돌려 가는 길을 재촉한다.

'마리아수녀원'.

서기 2000년은 이렇게 그리움을 안고 시작되었다.

새천년, 나라경제는 외환위기를 극복했지만 그 후유증은 만만치 않았다. 중산층은 무너지고 서민경제는 여러 분야에서 치명적인 상처를 입었다.

그것은 또 다시 소비 위축을 가져와 성장의 동력을 반감시켜 경제평등은 자꾸 멀어지고 소수가 부를 독점하는 독점 시장경제로 들어가며 빠른 속도로 부익부 빈익빈 현상을 초래했다.

국민 모두가 헌신적으로 참여한 외환위기 극복이 균등한 결실의 배분을 가져다주지 못하고 '20 대 80의 사회'라는 극단적인 양극화라는 새로운 문제점을 안고 우리에게 풀기 어려운 심각한 과제를 안긴다.

새로운 천년이 시작되고 10년이 지났다.

○

테레사 원장수녀님

"원장수녀님. 이 신발은 어떠세요?"

분홍색 등산화를 들어 보였다.

평일이라 NC매장을 찾는 고객이 많지는 않아 여기저기 둘러보
다 그래도 브랜드 인지도가 있는 스포츠매장 앞에 섰다.

북한산 둘레길 걷기나 산에 오르기를 좋아하는 테레사 원장수
녀님의 생일을 앞두고, 평소에 하얀색 운동화를 신고 산에 다
니시는 원장수녀님의 안전이 걱정이 되어 자원봉사 선생님들이
억지로 원장 수녀님을 모시고 나왔다.

"색이 화려하지 않았으면 좋을 텐데?"

곧 짙은 갈색 등산화가 선택된다.

"이 신발은 어떠세요?"

만족감을 표시하다 가격표를 보더니 금세 손사래를 치며 표정
이 변했다.

재빠르게 자매가 나선다.

"원장님. 이 가격 다 받는 거 아니에요. 요즘 대박세일 중이라서 싸요."

"대박세일?"

갖은 미사어구를 동원하여 원장님을 설득하여 간신히 등산화를 고른 후 에스컬레이터를 타고 겨울의 무거운 색을 털어내고 알록달록 예쁜 봄상품을 넓게 진열한 봄맞이 특별할인행사를 하는 1층 로비 행사장에 들렀다.

많은 상품들은 거들떠보지도 않고 모퉁이 한구석을 작게 차지하고 있는 신발진열대로 가서 이것저것 고르다가 검은색 계열의 등산화를 선택한다.

매장 계산대에 섰다.

"이 신발은 얼마죠?"

"3만 원입니다."

5층 브랜드 매장에서 샀던 신발을 꺼내 계산대에 올려놓는다.

"이 신발과 바꾸어 주세요."

"예! 무슨 말씀이신지요?"

점원의 눈이 휘둥그레졌다.

"좀 전에 5층에서 11만 원 주고 샀어요. 이 신발로 바꿔 주시고 나머지 돈 주세요."

"그런 거 없는데요. 5층 매장에 가서서 말씀하셔야 합니다."

"같은 건물에서 샀는데 안 되는 건가요?"

베로니카 자매가 나서서 수습을 했다.

내용을 알게 된 수녀님이 매장 여직원에게 두 손을 모으고 환하게 웃으면서 용서를 구한다.

"저 때문에 마음 상하심과 시간 뺏기심에 미안합니다."

"아니에요. 수녀님 마음 쓰지 마세요. 저 아무렇지도 않아요."

웃는 얼굴로 화답하는 점원의 얼굴을 바라보고 그제서야 안심하고 발길을 돌린다.

베로니카 자매가 생각한다.

'아. 원장수녀님은 세상 물정을 모르시는구나.'

수도원과 보육원, 간혹 산길만 걸으시는 게 수녀님의 일상이라 이런 큰 건물에서 쇼핑을 하신 적이 없으니 그런 생각은 당연한 것이었다.

그 이후, 원장수녀님의 등산화는 하얀 운동화에서 세일가격 3만 원의 검은색 등산화로 바뀌었다.

7시 아침미사를 마친 후 두 분 선생님들과 같이 북한산을 오른다.

학교 처음 들어가 기대감에 부풀었던 소풍 전날처럼 며칠 전 새로 산 등산화를 신어볼 수 있는 기회가, 기다림이 완성되어 드디어 날이 밝았다.

'새 신을 신고 뛰어보자 폴짝! 머리는 하늘까지 닿겠네'

어릴 때 불렀던 동요까지 끄집어낸다.

정릉계곡에서 대남문으로 방향을 설정하고, 짧은 하얀 두건을 머리에 두르고 봄빛 자외선을 막기 위해 밀짚모자를 쓰고 8시가 가까워진 시간 정릉 입구에 닿았다.

"안녕하세요!"

입구에 서 있는 국립공원관리공단 직원에게 두 손을 모아 인사를 건네자, 직원도 얼떨결에 두 손을 모으고 화답한다.

평일이라 많지 않은 산님들도 이 정경을 보고 누구나 입구를 지나면서 직원에게 다정한 아침인사를 건네는 바람에, 수녀님의 다정한 인사 한마디가 들머리 분위기를 대번에 사랑과 배려가 가득 넘치는 훈훈한 정경으로 만들었다.

3월의 봄 햇살은 그동안 얼어 있던 정릉계곡의 물길을 열었다.

얼음을 깨는 청량한 물소리가 귀를 맑게 해 주고, 제법 시원한 물줄기를 쏟아내는 청수폭포도 봄이 왔음을 소리로 말해 주고 있다.

"왜 정릉계곡이죠?"

언제나 무엇이든 알고 싶어 하는 탐구본능이 넘치는 소피아 선생님의 물음에 테레사 원장수녀님이 답한다.

"이곳 아래 저쪽에 태조임금의 두 번째 왕후이신 '신덕왕후 강씨'의 무덤인 '정릉'이 근처에 있어서 정릉계곡이라고 해요."

고개를 끄덕인다.

맑은 물소리를 따라 좀 더 오르다 주변에 파릇한 새순이 돋아나고 있는 풀들에 둘러싸인 샘터에 다다랐다.

샘터에는 서너 명의 등산객이 샘터에 비치되어 있는 표주박으로 목을 축이고 있었다. 돌아서 나오다 수녀님과 마주친다.

"안녕하세요."

역시나 낯선 사람에게 두 손을 곱게 모으시고 환하게 웃으며 반갑게 인사를 나눈다.

불시에 미소를 동반한 인사를 받은 등산객들도 반사적으로 제각기 자기 뜻을 담은 다양한 인사말로 손을 모아 화답했다.

"수고하십니다."

"반갑습니다."

"안녕하세요."

봄의 따사한 햇볕 아래 훈훈한 인간애가 샘터에 넘친다.

동행한 베로니카와 소피아 자매에게 원장수녀님이 천사의 모습으로 다가오며 가슴 속에 뜨거운 기쁨이 솟아오름을 느꼈다.

'우리 수녀님의 마음결은 어떻게 생기셨을까?'

'아마 파릇한 새순처럼 아름답고 그냥 청순 순수 그 자체이실 거야.'

낯선 누구에게나 사랑의 마음을 갖고 진솔하게 말을 건네고 몸으로 표시하는 수녀님의 모습이 천사를 건너뛰어 성모님의 모습으로까지 승화되었다.

오를수록 계곡의 물소리는 약해지고 신록을 맞을 준비를 하고 있는 나무들이 싱그러움을 대신한다.

서너 군데 쌓아 놓은 돌탑을 옆으로 두고 등산로를 걷는다.

"돌탑이 많아요."

"우리네 토속신앙이죠. 어느 나라나 원시신앙형태로 있는."

"다른 나라에도 많나요?"

"이런 돌탑이 아니라도 영국의 '스톤헨지'처럼 거석문화나, 무생물에 생명의 의미를 불어넣어 기도하며 소원을 비는 풍속을 '애니미즘'이라고 하잖아요."

"예전 학교 다닐 때 언뜻 들은 적이 있는 것 같아요. 애니미즘."

"이런 자연숭배사상을 '애니미즘'이라 하고, 무당이라 일컫는 무속인에게 소원을 말하면 신에게 전해주는 신앙을 '토테미즘' 이라고 해요."

"굿 하는 거 말이죠?"

"맞아요. 내가 어렸을 때 자랐던 독립문 너머 안산에도 이런 돌 탑이 몇 개 있었고 마을 사람들이 간혹 돌을 얹고 기도하는 모 습을 보았어요. 능선 너머에는 무속인들이 모여 사는 할민당이 라는 곳이 있어서 굿하는 소리를 자주 들었었죠."

"호랑이가 다녔다는 인왕산 앞에 안산이죠?"

"맞아요. 인왕산 앞 안산. 뒤편에는 봉원사란 큰절이 있고 대학 교도 있죠."

"미신이잖아요?"

"꼭 그렇게 볼 수만은 없죠. 그 때는 우리나라에 하느님의 말씀이나 예수님의 십자가가 알려지지 않았을 테고, 불경도 쉽게 접할 수 있는 것이 아니니 태고부터 우리 인류는 자연을 숭상하고 마음을 의지한 거니까."

고개를 끄덕이는 자매님을 쳐다보며 불현 듯 예전 철이 오빠와 같이 걸었던 안산 봉화뚝이 생각난다.

그때 테레사 수녀는 고등학교 갈 때까지 참으로 많은 것을 오빠에게 배웠다. 오늘 산을 오르면서 답해주는 것의 상당부분도 어릴 때 오빠가 알려준 것.

'그 시절 철이 오빠는, 어떻게 그 많은 지식들을 알 수 있었지?'

순이가 물어보면 무엇이든지 거의 막힘없이 술술 풀어주는 철이 오빠의 지식의 수준은, 아직까지도 풀리지 않는 수수께끼이다.

하느님한테 귀의하였지만 언제나 머릿속에 남아 있는 얼굴과 말들.

'철이 오빠는 그때 그 여자와 잘 살고 있겠지…'

'행복하게 살아야 할 텐데.'

'아마 행복할 거야.'

면회를 가서 못 볼 것을 본 양 너무 크게 실망을 해서 세상의 모든 것이 부질없다 생각하고 불면의 밤을 보내며 몸은 여위어 갈 때 하느님의 부름을 받았고, 지금은 하느님의 사랑을 몸소 체험하면서 기쁨으로 살고 있다.

그러나 언제나 지워지지 않는 이름이라 기도시간이 되면 오빠의 행복을 진심으로 빌었다.

살아오면서 어릴 때의 추억은 부모님을 제외하면 철이 오빠밖에 없기에 항상 기도해 주었고 하느님의 품에서 행복하게 살기를 바라 왔다.

"수녀님. 가시죠."

잠시 묵상에 젖어 있는 수녀님을 깨우고 돌탑을 쌓아 놓은 잘 닦여진 등산로를 지나 다소 가파른 계단을 오른다.

"나무 아미타불."

목탁에 맞춰 울려 퍼지는 스님의 독경소리를 들으며 아담한 가람에 들었다.

'대한불교조계종 영취사'

대웅전 오르는 계단 아래 마당에는 세월의 흔적을 간직한 서울시문화재인 5층 석탑이 가운데에 자리를 차지하고 있다.

주변엔 등산객들이 쉴 수 있도록 길다란 나무의자가 몇 개 놓여 있고 중앙엔 표주박이 걸려있는 암벽에서 나오는 약수 물도 있기에, 몇 모금 마쳐 목 축임도 한 후 의자에 앉아 잠시 쉼을 갖는다.

끊임없이 울리는 은은한 독경소리가 가람 내 분위기를 포근하게 감싸고 햇빛이 마당에 깔리면서 성스러움마저 자아낸다.

많은 계단을 올라야 닿을 수 있는 대웅전을 바라보며 베로니카 자매님이 묻는다.

"왜 대웅전이라 하는 거죠?"

"석가모니부처를 영웅 중에서도 제일, 큰 대자 대웅이라고 한 데서 이름을 따온 거죠."

"제가 산 좋아하는 애들 아빠를 따라다니다 보면, 절마다 다 대 웅전이 있는 게 아니던데요?"

"아. 그건 주불로 모시는 부처님이 다르기 때문이에요."

"그럼, 부처님이 석가모니 말고 더 있나요?"

"그럼요. 대웅전 말고 자주 보게 되는 전각 중 '극락전', '무량수 전' 등은 아미타불을 모신 곳이고 태고부터 존재한 진리 그 자 체라고 말하는 '비로자나불'을 모신 곳은 '대적광전'이라고 하고 미래에 오는 미륵불을 모신전각은 '미륵전'이라고 해요."

"세 분인가요?"

"아니에요. 그 밖에도 많아요. 불교에서는 우리도 부처가 될 수 있다고 하잖아요."

"관세음보살도 부처인가요?"

"그분은 말 그대로 보살이며, 보현보살 문수보살처럼 부처님의 옆에서 부처님을 도와 중생을 구제한다고 하죠."

"산에 가면 봉우리마다 불교 이름이 많잖아요?"

"그렇죠. 그 당시에는 모두가 부처나 보살처럼 되는 것이 모든 이들의 꿈이었으니…"

"그런데, 원장님은 어떻게 불교에 대해서 잘 아세요. 공부하셨어요?"

"아니에요. 내가 어릴 적 살던 안산 중턱에 자그마한 암자가 있었는데 그곳 스님은 매일 일상이 독경을 하지 않으시면 불상을 손질하고 있었어요. 우리들이 가면 여러 가지 불교에 대한 이야기도 해주시곤 했죠."

탐구정신이 강한 소피아의 눈빛이 무얼 찾아낸 사람처럼 빛난다.

"우리들이라 하시면 누구예요?"

불시에 과거를 회상하여야 하는 질문을 받은 원장수녀님이 멈칫하다 큰 숨을 들이쉬고 대답을 했다.

"아… 그게 우리 마을에 공부를 아주 잘하는 동네 오빠가 있었어요. 어릴 때는 그 오빠를 따라 안산 구석구석을 다니며 꽃도 배우고 그랬어요."

소피아 자매의 짓궂은 질문이 나온다.

"그럼 어릴 때 소꿉친구네요? 지금은 무얼 해요?"

철이 오빠의 직업까지 거침없이 2가지 질문을 내었다.

"친구가 아니고 친오빠처럼 그냥 오빠였어요. 고등학교 졸업 후 헤어져서 지금은 아무것도 몰라요."

정색을 하고 답하는 수녀님의 얼굴에 숨길 수 없는 홍조가 묻어
났다.

"왜 헤어졌어요?"

아주 난처한 질문을 계속 쏟아낸다.

어색해하는 수녀님의 표정을 읽고 옆에 있던 베로니카 자매가
거들었다.

"소피아 자매님. 우리 그런 이야기 그만해요. 속세를 떠나신 수
녀님께 자꾸 옛날이야기를 하면 안 되어요."

그제서야 분위기 파악을 한 소피아 자매가 용서를 빈다고 고개
를 숙였다.

"아. 괜찮아요. 궁금해하는 거 당연한 거죠. 이제 이만 다시 오
릅시다."

충분한 쉼을 갖고 계속 반복되는 '나무아미타불' 독경소리가 점점
멀어지는 것을 느끼며 제법 경사도가 심한 산길에 접어들었다.

뿌리가 뽑혀 길이 훼손된 오르막길을 어렵게 넘어가는데, 앞에
서서 세 사람이 넘어올 때까지 그 자리에서 기다리는 승복을 입
은 젊은 스님과 마주쳤다.

낯선 사람과 만나도 항상 하는 것처럼 스님에게도 두 손을 모으
고 정을 듬뿍 안은 목소리로 먼저 인사를 건넨다.

"안녕하세요."

스님도 반가운 표정을 지으며 두 손을 모으고 합장의 인사를 건넨다.

"나무아미타불."

순간 베로니카 자매는 수녀님과 스님의 합장하는 모습이 어찌 그리 닮았는지 두 분이 다 똑같이 같은 종교에 귀의한 분 같다는 느낌을 받는다.

천주교와 불교는 비슷한 점이 많았다.

부처님과 예수님 형상 앞에서 합장하여 기도하는 것도 그렇고 염주나 묵주를 돌리는 것도 비슷하고 더욱이 다른 종교지만 서로 배타적으로 대하지 않고 상대방의 종교를 있는 그대로 인정해 주는 포용력도 같다고 느꼈다.

용서와 화해와 사랑을 추구하지만, 믿는 가치가 틀리다고 상대방의 종교를 서로 인정하지 않고 싸우고 헐뜯다 오랜 기간 동안 십자군 원정 같은 종교전쟁을 일으킨 성직자들은 진정 종교인일까? 하는 강한 의문이 들었다.

어느 종교라도 사람을 죽이는 살인은 최고의 큰 죄일 텐데 많고 많은 사람들이 무참히 종교라는 이름으로 살육을 당하고, 지금도 유일신인 같은 하느님을 믿으면서도 믿는 방식이 틀리다고 서로 으르렁거리는 중동의 이슬람국가의 행태가 도저히 용서와 화해의 가치를 추구하는 신앙인의 자세가 아닌 것 같았다.

"수녀님, 그런데 '나무아미타불'이란 뜻이 뭐예요?"

"예. 아미타불 부처님은 서방정토를 관할하시는 분이신데 그
분의 대자 대비한 마음을 본받고 따라가게 해달라는 뜻이지요.
우리로 말하면 하느님께 서원한다는 의미와 비슷해요."

"서방정토요?"

"불가에서는 우리가 다다를 수 있는 이상향이 있는데 서방에는
아미타부처가 다스리는 극락세계가 서방정토이고, 약사여래가
계신 곳을 동방정토라고 해요. 우리는 하나님의 나라인 천국만
있는 것과는 좀 달라요."

소피아 자매가 끼어들었다.

"부처님도 많고 보살님도 많은데, 그럼 불교에선 도대체 어떤
부처님과 보살님을 믿어야 하죠?"

탐구욕구가 있는 사람이면 능히 나올 만한 질문이다.

"불교는 우리처럼 하느님 한 분을 믿고 그분의 말씀에 복종하고
따르는 것이 아니고, 부처님과 보살님의 행적과 말씀을 듣고
깨달아 스스로 부처나 보살이 되는 도를 깨우치는 것이니 우리
와는 완전히 다른 종교예요."

소피아 자매의 의문이 풀렸다.

"그럼 무속인들 같은 미신을 믿는 거네요?"

"절대 그렇게 말하면 안 되어요. 아기 예수님이 이 땅에 오시기
훨씬 전부터 수많은 사람들이 석가모니의 가르침을 실천하고자
살아 왔고, 우리나라 곳곳 어디를 가든지 많은 불교의 흔적이

남아 있는 민족의 혼이 배어 있는 종교를 그렇게 무시하는 말로
낮추어 말하면 절대 안 됩니다."
짧게 가르침을 주고 햇살이 선을 그리며 내려앉는 능선 길을 걷
는다.
"자매님들이 사 준 등산화가 너무 편하고 좋아요."
밀짚모자에 비싸지도 않은 등산화를 신고, 마음에 너무 든다고
티 없는 표정을 지으면서 남의 종교를 존중해 주는 원장수녀님
의 모습 자체가 너무 아름다웠다.
'부처의 마음이 이와 같지 않을까?'

'하느님이 높을까 부처님이 높을까?'
소피아 자매는 속으로 뚱딴지 같은 생각을 하다가 하느님께 죄
지은 것 같아 흠칫 놀라 머리를 흔들었다.
숙종시대 정비된 대성문을 지난다.
왼쪽으로 방향을 틀어 최근 깔끔하게 보수 복원된 북한산성
을 따라 봉우리를 넘어 걷다 넓은 마당이 펼쳐진 대남문에 닿
았다.
정릉입구에서 산을 오르기 시작해서 약 2시간이 흘렀다.
동행한 자매들은 짧은 시간에 원장님께 참으로 많은 지식과
올바른 마음가짐을 배워가면서 힘들지 않게 목표지점에 도착
했다.

'우리 원장수녀님의 지식의 깊이는 과연 얼마나 깊을까?'

경외하는 마음으로 존경의 눈길을 보낸다.

대남문에서 바라다보는 정경은 사방이 확 트인 풍경이 마음까지 시원하게 해준다.

북쪽으로는 북한산 최고봉 백운대를 정점으로 만경대, 인수봉, 노적봉, 영봉까지 보이고 멀리는 오봉이 보이는 도봉산까지 가까이 다가와 있다.

남쪽으로는 불암산 너머 잠실아파트단지의 전 모습,

고개를 돌리면 남산과 청계산 관악산까지 옛 한양의 모든 지역이 유유히 흐르는 한강을 사이에 두고 펼쳐져 있다.

그리고 원장 수녀님의 눈길을 머물게 하는 곳이 있었다.

대남문 문루에 올라서 보면, 오른쪽에는 문수봉이 있고 왼쪽에 펼쳐지는 3개의 연속된 봉우리 중 가장 높은 곳.

서울 시내 어디서나 북한산을 바라보면 제일 높게 보이는 봉우리이고, 무학대사도 태조대왕도 이곳에 올라 한양천도의 낙점을 찍었다는, 기가 제일 세다는 봉우리.

지금은 자연훼손을 이유로 출입금지 팻말이 있고 감시 카메라가 설치되어 있지만 꼭 오르고 싶었던 봉우리였다.

'보현봉'.

오랜 시간이 흘렀지만 뚜렷이 되살아나는 기억.

221

그리고 언제나 북한산을 바라볼 때마다 자신에게 묻는 정형화 된 단순한 질문.

'과연 철이 오빠는 이 곳 북한산에 올라 내 이름을 불렀을까?'

"순아!"

○

보이지 않는 힘

"김 기사. 차 안이 너무 추워. 에어컨 좀 낮추지?"

"예. 부행장님."

7월의 태양이 아스팔트 포도 길을 뜨겁게 달구려 서서히 기지개를 펴고 있는 아침. 차량이 길게 줄을 서서 거북이걸음으로 움직이는 출근길.

일찍 나왔는데도 을지로에 접어드니 차들은 움직이지 않고 차안에 앉아서 갇혀 있다는 사실이 답답함을 더해 준다.

"김 기사, 이렇게 하지. 내일부터 특별한 일이 아니면 출근을 할때는 내가 혼자 지하철을 타고 다닐 테니 차를 집에 대지 말게."

깜짝 놀라 말을 받는다.

"부행장님이 어떻게 지하철을 타시고 출근을?"

"무슨 소리야. 내가 뭐 대단한 사람이라고. 하여간 내일부터 그렇게 하시게. 꼭 아침에 차를 쓸 일이 생기면 사전에 전화를 할테니. 알았나?"

단호한 부행장님의 지시에 따른다고 응답을 했다.

223

그렇게 한참을 길거리에서 보내고 본사에 들어와 임원회의를
마치고 비서들의 아침인사를 받으며 시원하게 공기가 정화된
집무실의 문을 열었다.

뒤따라 들어온 남자 실장에게 말한다.

"잠시 조용히 생각할 게 있으니 사람들 들이지 말게."

"예. 알겠습니다. 부행장님."

문이 닫히고 웃옷을 벗어 옷걸이에 걸고 넓은 창문이 벽을 대신
하는 창가로 갔다.

훤히 터진 창벽 너머로 서울 정경이 상긋하게 다가온다.

날씨가 화창하니 북악산 너머 북한산 보현봉이 손에 잡힐 듯 가
까이 다가와 있다.

서울 시내 어디서나 위용을 뽐내는 보현봉이 오늘따라 더욱 크
게 느껴진다. 요즘 자연보호를 위해 출입을 통제하지만, 삶의
굴레를 훌 훌 털어버리고 달려가고 싶은 충동까지 느낀다.

꼭 북한산이 어서 오라고 손짓을 하는 듯 착각이 들었다.

속으로 되뇐다.

'내가 진정 북한산을 사랑하나 보다.'

'북한산은 나한테 어떤 존재인가?'

그냥 산으로서의 북한산이 아니다.

힘들 때 감싸 주는 어머니 같은 존재이고,

좋다고 흥분할 때나 인생의 의미를 모르고 방황할 때 마음을 잡

아 주어 겸손을 알려 주는 스승이며,

누군가가 사무치게 보고 싶을 때는 허전한 마음을 채워 주는 연

인 이고,

외롭고 쓸쓸할 때는 다정한 말벗이 되어 주는 친구였다.

'북한산은 나였다.'

은행의 꽃이라는 임원이 되기까지 많은 우여곡절과 위기가 있

었다.

그럴 때마다 북한산은 힘이 되어 주고 용기를 주었기에, 온라

인상의 닉네임은 '북한산 사랑'으로 사용하고 있다.

어디서든 북한산 이야기가 나오면 신이 났고 할 말이 많아졌다.

남들이 말하기를 북한산 이야기만 나오면 눈이 초롱초롱해진다

는 소리까지 듣는다.

살포시 눈을 감고 시간을 되돌려 본다.

지난 인생의 발자취를 뒤돌아보니 참으로 신기하게도 위기를

잘 넘겨 왔다.

큰일만 생각해 봐도, 젊었을 때 입대해서 지옥 같은 하사관학

교의 교육 후 철책근무를 무사히 마치고 제대를 한 것,

직장생활을 하면서 IMF라는 절체절명의 위기 상황에서도 동료

들은 추풍낙엽이 되어 옷을 벗었는데 기적적으로 살아남았다.

그 후 닥친 금융위기 때에도 모든 입행 동기는 둥지를 떠나갔는

데 혼자만 살아남아 은행장을 바라볼 수 있는 부행장이라는 위치까지 오게 되었다.

자기 자신을 냉정히 분석해 보면 남들보다 뛰어난 능력이 있다고 감히 내세울 수 있는 특별한 장점도 없었고 좋은 학벌을 지닌 것도 아니고 더욱이 조직 내에서 적극 밀어주는 상급자도 없었다.

그래도 신기하게도 위기라고 생각하고 고민을 하는 일이 발생하면 언제나 마음먹었던 제일 좋은 방향으로 해결이 되곤 했다.

IMF 때나 금융위기 때에는 당연히 은행을 나와야 하는 입장이었는데, 무슨 이유인지는 몰라도 동기 중 혼자만 남았고 그것도 더욱 좋은 부서로 직급도 한 계급이 높아지는 인사발령을 받았었다.

친구들은 무슨 대단한 백그라운드가 있는 양 부러운 눈으로 바라보았지만, 집안이나 주변에 힘을 써 줄 수 있는 영향력 있는 사람은 전혀 없었다.

애써 자신이 열심히 해서 직장 내에서 점수를 많이 따서 그렇다고 생각하며 자기 암시를 주었지만, 자신을 아무리 돌아보아도 무언가가 있었다.

그래서 스스로 그 무언가를 이렇게 정의했다.

'보이지 않는 힘'.

이 힘이 자신을 돌보아 주는 든든한 후견인이라는 것을 알았다.

그리고 그 후견인은 '이 부행장'을 떠나지 않고 항상 곁에 있는 것이 분명했다.

철이에게는 아무도 가질 수 없는 보이지 않는 막강한 힘이 있었던 것이다.

그렇게 힘의 원천을 알아갈수록 더욱 궁금해진다.

'이 힘의 실체가 무얼까?'

○

Africafe

출렁거리는 운해의 바다 끝자락에서 장엄하게 떠오른 백운대 일출을 바라보면서, 마음속에 깊이 담아둔 한 맺힌 이름을 운해에 실어 보내고 차마 떨어지지 않는 발걸음을 내딛고 산을 내려간다.

아침햇살 받아 황금색으로 변한 인수봉과 백운대는 물론, 산비탈에서 여의도 방향을 바라보는 큰바위얼굴도 황금색 얼굴을 하고 활짝 웃으며 찡그리지 말고 즐겁게 살라고 가르침을 준다.

만경대와 백운대 사이 안부에 인적 없는 백운봉암문에서 우이동으로 방향을 잡고 내려와 백운산장에 닿았다.

산장 앞 너른 마당에 놓여있는 의자와 붙은 기다란 탁자에서 국수로 요기를 하던 수염이 텁수룩한 나이 지긋한 남자가 고개를 들고 오라고 손짓을 한다.

"어서 오시게, 부행장."

"일요일인데 일찍 일어나셨습니다."

새벽 찬바람과 감정에 복받쳐 경직되었던 몸이 정감 어린 만남에 서서히 풀려간다.

백운산장 정면에 걸려 있는 시계는 7시를 막 넘기고 있다.

"그래, 오늘 일출이 좋았나?"

"그게… 예… 정말이지, 말로 표현할 수 없는 웅장함이 있었습니다."

너무나 감동적이었기에, 어렵지도 않은 단순한 질문에 대해 즉시 답을 해야 하는데 정확한 수사어구가 생각이 나지 않아 잠시 지체를 했다. 그런 머뭇거림의 뜻을 아는지 먼저 모범 답을 준다.

"그랬을 거야, 내가 이곳에 머문 지 벌써 10년이 넘었어. 내 경험에 의하면 오늘은 멋진 운해를 보여줄 거라 확신을 가졌지."

"고맙습니다. 작가님!"

그간 수없이 백운대를 올랐지만, 이런 멋진 운해는 처음이었기에 진솔한 마음을 담아 고마움을 표했다.

선망의 대상인 사법고시에 합격을 하고 검사로 일하면서 승승장구 했으나, 중요한 국가 공안사건을 맡아 수사지휘를 하면서 최상층부의 외압 앞에서 '법 앞에 만인이 평등이 아님'을 깨닫고 법복을 훌훌 벗어 던진 뒤 오래 전부터 이곳 백운산장 위에 있는 백운암에 주 거처를 옮겨 사진도 찍고 글도 쓰며 불경도 읽으면서, 조선시대 사육신이 아닌 또 한 부류의 충절을 지킨 생육신처럼 산속에 몸을 맡기신 분이다.

"김 작가님."

북한산을 오르면서 자주 마주치다 보니 통성명을 하게 되었고 시간이 흘러 과거의 이력도 알게 되었지만, 단 한 사람 빼고는 자기의 과거를 이야기 안 했다고 해서 그냥 '작가님'이라고 부르게 되었다.

속세를 떠나 북한산의 품에 안긴 작가님도 그렇지만, 백운암 아래 '백운산장'을 오랫동안 경영하시는 노부부도 마찬가지이다.

젊었을 때 산이 좋아 이곳에서 만나서 아예 북한산 백운암 아래 등산객이 많이 오가는 산길에 산장을 짓고, 저렴하게 간단한 식사와 음료를 팔면서 숙박도 제공하며 이곳에 둥지를 틀고 청춘을 보내고 있다.

백발이 성성할 때까지 이곳을 차마 못 떠나시는 걸 보면 북한산은 중력이나 만유인력을 뛰어넘는 강한 끌어당기는 힘이 있음이 분명했다.

초여름의 비가 세차게 내린 어제 토요일 오후에 김 작가님의 전화가 울렸다.

"은행 양반. 새벽에 일출 보러 북한산에 올 수 있겠나?"

"일출이요? 아직 비가 많이 오는데요…"

어제부터 내리는 초여름을 알리는 여름비가 아직 멈추지 않고 내리고 있고 하늘도 검은 구름이 덮여 있어서 엄살을 부렸다.

단호한 목소리가 저쪽 수화기에서 크게 울린다.

"아니야. 서당 개 3년이면 풍월을 읊는다고 하잖나?"

"서당 개요?"

"내가 이곳에서 벌써 몇 년이야. 일기예보를 듣고 내 경험을 접목시키니 부행장이 보고 싶어 하는 멋진 '백운대 일출'을 볼 수 있을 거네."

예리한 분석력을 지니신 전직 검사였던 작가님의 배려하는 말씀에, 즉흥적으로 내뱉은 '날씨 운운'한 대답에 미안한 맘이 들었다.

"아. 죄송합니다. 작가님! 알겠습니다."

"그래. 내일은 일 년에 한두 번밖에 안 보여주는 북한산 제 일경 운해 속의 백운대 일출을 볼 수 있을 거야."

운해 속 떠오르는 일출을 볼 수 있는 절대조건인

습도 80% 이상,

온도차 15도 이상,

어제 비나 흐림,

오늘 맑음.

그리고 간절한 바람.

이 5가지 요소만 있다면 오늘 아침에 이루어질 거라는 작가님의 예언이었다.

그래서 토요일 모든 약속을 뒤로 하고 전날 일찍 눈을 붙이고 새벽 5시부터 북한산을 오르기 시작했다.

그리고 예언은 적중하여 장엄한 북한산 일출을 볼 수 있었다.
이러한 장면을 보려고 그동안 수도 없이 새벽잠을 설쳐가며 북한산을 찾았는데, 드디어 오늘 백운대에서 바다처럼 한없이 물결치는 운해 속에서 뜨겁게 솟아오르는 햇님을 보았다.
떠오르는 태양을 바라보며 넋을 놓고 대자연이 연출하는 웅장한 한 편의 영화에 취해 있을 때, 문득 강하게 떠오르는 얼굴이 있었다.
한참을 되돌려야 할 그때 그 시절,
귀에 대고 크게 다짐하던 얼굴.
"오빠. 저기 북한산 꼭대기에 올라가서 내 이름을 크게 불러 줘."
그토록 긴 세월이 흘렀는데도 거짓말처럼 목소리가 다시 살아나 귀에 또렷이 들렸다.
'순이'.

시계가 벌써 8시에 다다르고 있다.
작가님에게는 차마 말할 수 없는 이름을 가슴에 깊이 담아놓고, 세상 이야기를 마치고 배낭을 들었다.
연이틀 비가 내려서 골짜기마다 물이 넘친다.

햇님이 고도를 높이면서 구름은 물러가고 공기 중에 물방울은 옅은 안개비로 바뀌고 있어 가시거리를 많이 줄여 놨다.

계곡을 소리 내어 흐르는 물소리와 벗하며 전용버스에서 내려 도선사로 향하는 신도들 속에서, 좌선하고 웃음 머금고 앉아 계신 미소석가불의 뒷모습을 배알하고 우이천 계곡을 따라 우이동입구로 걷는다.

산의 끝자락이 가까워질수록 안개의 농도는 점점 짙어지고 우이천 계곡을 흐르는 물소리는 옥타브를 급격히 올리고 있다.

계곡에 쏟아져 내려오는 물의 수량도 소리 크기에 비례하여 급격히 많아졌다.

문득 기억의 저편 구석에서, 많은 사람과 집들이 불어난 계곡의 물에 휩쓸려 내려갔던 봉화뚝의 참혹했던 산사태가 떠올랐다.

'국립공원 북한산'

길을 막고 서 있는 표지석을 지나 만남의 광장을 앞에 두었다.

짙은 안개비가 감싸고 있는 정경에서 유독 발길을 멈추게 하는 간판 앞에 섰다.

'Africafe'

아프리카와 카페의 단어를 조합하여 재치 있게 이름 짓고 인테리어도 아프리카 원주민과 그들의 도구를 사용해 아프리카식으로 꾸몄다.

그동안 자주 이 길을 걸었지만 그냥 스쳐 걸었는데 오늘은 달랐다.

안개비는 추억을 가져다 주는지, 순이에게 세계지도를 그려 주었을 때 '세계에서 제일 가고 싶은 곳이 아프리카'라고 힘차게 대답했던 모습이 생생히 떠올라 그냥 지나칠 수가 없었다.

'아프리카?'

'순이는 아프리카를 가 보았을까?'

'얼룩말을 보았을까?'

'겁이 많아서 아프리카를 어떻게 가?'

순간적으로 자신에게 여러 질문을 내었다.

말이 그렇지, 순이가 그 척박하고 무서운 사자가 돌아다니는 아프리카를 갈 리가 없다고 단정 지으며 카페 문을 열고 안으로 들어갔다.

안에도 아프리카 원주민들의 체취를 느낄 수 있는 소품들로 채워져 있고, 정면 벽에는 만년설을 품은 킬리만자로산이 걸려 있었다.

왼쪽 벽에는 열대 적도 아래 초원에서 사자와 기린, 얼룩말 등이 뛰어노는 이국적인 케냐의 국립공원 사진이 차지하고 있었다.

분위기상으로는 원목의 탁자와 의자와 어우러져, 실제 아프리카에 온 기분을 느끼기에 충분했다.

안개비 맞아 축축한 몸에 온기를 주기 위해 카페라떼를 시키고
조용히 눈을 감는다.

오늘 피안의 저편 언덕에서 퍼내 온 추억의 영상들.

백운대 일출.

봉화뚝 산사태.

그리고

아프리카.

결론은?

"순이."

"이제는 순이를 만나고 싶다."

(테레사 보육원)

- UN어린이헌장
- 아동은 우리사회와 모든 인류의 미래이며 희망이다
- 이 땅의 모든 아동은 그 존재 자체로 빈부와 귀천, 여성과 남성, 종교와 국적을 떠나 건강한 성장을 위한 보호와 교육을 받을 권리가 있다
- 그러므로 개인과 국가 그리고 사회는 아동을 제대로 보호하고 교육할 책임과 의무가 있다

- 테레사 보육원

(가훈)

사랑하는 마음

감사하는 마음

나를 사랑하듯 남을 사랑하고 모든 일에 감사하라

"이사벨라 수녀님."

"예, 원장수녀님."

"나 잠시 걷다 올게요."

하루 중 시간이 허락하면 잠시라도 북한산 둘레길을 걷는 것이
유일한 취미인 원장수녀님이 자매 수녀님을 불렀다.

"비가 와서 길이 미끄러울 것 같아요. 등산화 신고 가세요."

"알았어요. 우리 아이들은 오전에는 자유시간을 주도록 하세요."

"그러지 않아도 어제 자매님 한 분이 과자 빵 등 먹을 것을 풍성
하게 기부해 주셨어요. 오전에 나누어 주어도 되겠지요?"

"그렇게 하세요. 나누어 주지 말고 한 곳에 모아 주세요. 우리
아이들이 양보와 절제를 배우게요."

당부를 하고 안개비가 대지를 감싸고 있는 밖으로 나왔다.

가슴을 펴고 심호흡을 크게 한 번 하고 북한산을 올려다보았지
만 옅은 구름 속에 보일 듯 말 듯 모습을 숨기고 있다.

'어느 방향으로 갈까?'

왼쪽으로 가면 몸담고 있는 수녀원 방향으로 솔밭공원을 지나 북한산 둘레길 명상길 구간이고, 오른쪽으로 가면 우이동 만남의 광장으로 가는 길이다.

문득.

6월 초여름의 비 온 뒤의 안개 낀 정경이, 흡사 아프리카 선교 활동을 할 때 케냐의 국립공원 모습을 연상케 했다.

희미하게 보이는 거대한 바윗덩어리인 인수봉의 자태는 킬리만자로의 신비한 모습을 보는 듯하였고, 비 온 뒤에 길가에서 열심히 모이를 찾아 분주하게 왔다 갔다 하는 비둘기들은 물기 머금은 초원을 뛰어다니는 얼룩말과 기린을 생각나게 했다.

아프리카 추억이 밀려온다.

머나먼 땅에서 굶주리고 헐벗은 아이들을 감싸주기 위해 사명감을 갖고 떠난 아프리카 선교 봉사활동이었지만, 오히려 그곳에서 부족함을 웃음으로 이겨낼 수 있는 가르침을 배웠고 어릴 때 너무나 궁금했었던 기린, 얼룩말도 실컷 보았다.

'그래. 오늘은 아프리카로 가자.'

Africafe
만남의 광장.

○

재회

축구장보다 넓은 광장에 잔뜩 끼었던 안개가 서서히 물러가고 있다.

안개가 물러가면서 북한산이 모습을 드러낸다.

정면에 화강암 돌덩어리인 인수봉을 필두로 '山'자의 주연인 백운대, 만경대가 북한산의 다른 이름이 왜 삼각산인지를, 걷히는 구름 속에 모습을 나타내면서 서서히 보여주고 있다.

철이는 북한산 주봉들의 꼭대기에 걸쳤던 구름이 걷힐 무렵 '아프리카페'를 나와 삼각산의 모습을 보러 만남의 광장 가운데에 섰다.

이틀간 비 온 뒤에 말끔하게 먼지를 털어 낸 북한산의 모습은 청아하였고 티 하나 없이 순수한 모습으로 바짝 다가와 있었다.

'아. 정말 멋진 북한산!'

감탄, 또 감탄. 움직임 없이 산을 올려다보며 그 자리에 서 있다.

테레사 수녀도 만남의 광장에 접어들면서 서서히 위용을 드러
내는 삼각산의 모습을 올려다보면서 광장 가운데에 섰다.
10미터 앞도 제대로 볼 수 없었던 안개가 서서히 걷혀간다.
광장 가운데에 서서 삼각산을 올려다보고 있는 두 사람의 모습
도 점점 드러나기 시작한다.

'나만큼 북한산을 좋아하나 보네.'
둘이서 같은 생각을 하며 서로에게 얼굴을 돌렸다.
모르는 사람을 만나도 항상 그랬던 것처럼, 수녀님이 손을 모
으고 다정하게 인사를 건넨다.
"안녕하세요."

어디서 많이 들었던 목소리.
철이의 눈동자가 최대한 커지면서 인사 후 숙였던 고개를 드는
수녀님을 본다.
두 사람의 눈이 마주치는 순간.

이 세상의 모든 움직이는 것과, 빛보다 빠르다는 우주의 시간
도 멈추었다.

순이!